하드햇과 함께한

# 세계 여행

하드햇과 함께한

# 세계 여행

23년 동안 살아 본 8개국 지구촌 이야기

박홍섭 지음

좋은땅

## 서문(序文)

삼성물산에서 30년 동안 근무하면서 1993년 11월부터 2022년 2월까지 약 23년 동안, 대학생 때 1개월 동안 현장 실습을 다녀온 아프리카의 리비아까지 포함해서 모두 8개 국가, 9개 프로젝트의 해외 건설 현장에서 근무하였다. 덕분에 이 기간 동안 직접 근무했던 국가들을 포함해서 세계 61개국을 여행할 수 있었다.

23년 동안 8개 나라에서 짧게는 2년, 길게는 약 6년까지 근무해 온 해외 국가들에서 보고, 듣고, 느꼈던 여러 가지 이야기들을 근무했던 순서대로 정리해 보았다.

근무했던 지역들로는 리비아의 미수라타, 말레이시아의 쿠알라룸푸르, 싱가포르, 대만의 타이페이, U.A.E의 두바이, 사우디아라비아의 리야드, 인도의 뭄바이, 방글라데시의 다카 등이 있다. 흔히 세계 3대 상인을 들라면 중국, 인도, 아라비아 상인들을 꼽는데, 싱가포르, 대만, U.A.E, 사우디아라비아, 인도 등에서 그런 사람들과 함께 일을 해 보면서 그들의 문화적 특성에 대해서 직접 경험하며 어느 정도 이해할 수 있게 되었다.

근무한 나라별로 그룹 지어 본다면 말레이시아, 싱가포르, 대만은 대한민국, 일본, 중국, 베트남까지 포괄하는 동아시아 지역으로 한자

문화권이기도 하고, 유교, 불교, 도교의 정신문화를 기반으로 하는 영역이기도 하다. 리비아, U.A.E와 사우디아라비아는 아시아권이면서 흔히 중동이라 불리는 아랍 문화권에 속하는 나라들이다. 인도, 방글라데시는 흔히 '인스방파'라 불리는 인도, 스리랑카, 방글라데시, 파키스탄 그룹에 포함되면서, 파키스탄, 아프가니스탄, 부탄, 네팔, 스리랑카, 몰디브 등의 남아시아 그룹에 속한다. 종교로 구분하면 말레이시아, U.A.E, 사우디아라비아, 방글라데시, 리비아가 이슬람 국가이고, 인도는 힌두교, 싱가포르와 대만은 불교가 주를 이루고 있다.

돌이켜 보면 결혼 생활 중 대부분을 가족과 떨어져 살면서도 해외 현장 근무에 충실할 수 있었던 것은 장남의 아내로서 집안 대소사를 대신해 주고, 두 아이를 혼자 키우며 가정을 지켜 준 아내 덕분이라 생각하며 늘 감사한다.

또한 여러 현장에서 함께 동고동락한 선배 소장님들과 선후배님들, 그리고 해외 현장을 위해 지원을 아끼지 않으셨던 본사 여러분들께 늘 감사하는 마음이다.

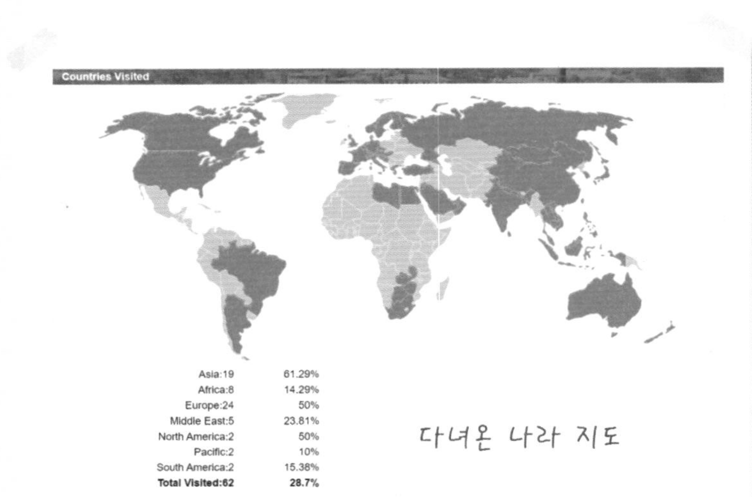
Countries Visited
Asia:19 61.29%
Africa:8 14.29%
Europe:24 50%
Middle East:5 23.81%
North America:2 50%
Pacific:2 10%
South America:2 15.38%
Total Visited:62 28.7%
다녀온 나라 지도

# 목차(目次)

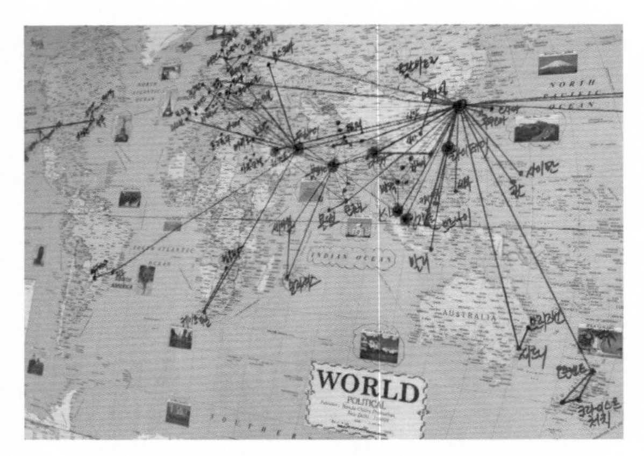


해외 근무지 8개 나라와 다녀온 61개 나라 지도

세계 61개국 여행 후 남은 동전들

# 1

# 리비아 Misurata Steel Mill

(1982년 7월~1982년 8월)

# 2

# 말레이시아 쿠알라룸푸르 Lusaka Tower

(1993년 11월~1997년 9월)

# 3

# 싱가포르 JTC HQ Tower

(1998년 11월~2000년 7월)

# 4

# 대만 타이페이 101 Tower
## (2002년 1월~2005년 6월)

# 5

# U.A.E 두바이 BD 12&13 Twin Tower

(2007년 3월~2011년 2월)

# 6

# 인도 뭄바이 Worli Twin Tower

(2011년 3월~2012년 9월)

# 7

# 사우디아라비아 리야드 Tadawul Tower

(2012년 9월~2015년 12월)

# 8

# 인도 뭄바이 DAICEC Complex
(2015년 12월~2020년 2월)

# 9

# 방글라데시
# Dhaka International Airport Terminal3
## (2020년 3월~2022년 2월)

2022년 7월 삼성물산을 퇴직하던 날 회사 앞

# 1

# 리비아

1982년 7월~1982년 8월

# 해외 첫 나들이 # 대학생 해외 현장 실습 # 리비아 왕복 비행기 풍경 # 리비아
# 미수라타 스틸밀 현장 # 중동 붐과 오일 머니 # 해외 파견 한국 근로자들의 애환
# 리비아에서의 여가 생활 # 사막에서의 운전 연습 # 리비아 대수로 공사

## #해외 첫 나들이

보잉 707 여객기(김포~방콕~바레인~트리폴리 왕복 운항)

1982년 8월에 도착한 아프리카 리비아는 태어나서 처음으로 간 외국이었다. 해외여행이 자율화되기 이전이라서 해외 출국 조건이 절차도 복잡하고 까다로웠다. 해외에 나가기 위해서는 여권을 발급받아야 하는데, 여권을 발급받기 전에 '소양 교육'이라는 걸 받아야 했다. 한국자유총연맹의 전신인 한국반공연맹, 한국관광공사 등이 교육을 맡았다. '해외에서 공산권 주민 접촉 시 유의 사항' 등을 가르쳤다. 1989년부터 해외여행 자율화가 되면서 자연스럽게 '소양 교육'은 1992년 폐지됐다. 병역 미필 상태라서 병무청에도 출국 신고를 했다.

해외 출국이 흔하지 않은 때라서 그런지 김포공항에서 출국할 때 부모님과 여동생은 물론이고, 서울에 살고 계신 작은 아버지, 사촌 형, 이모부까지 공항으로 송영을 나와 주었다. 지금 생각해 보면 일가친척들이 동원된 웃지 못할 송영 풍경이다.

김포공항 출국 기념 가족사진

그 후로 30~40여 년이 지나고, 2010년대의 인도와 2020년대의 방글라데시에서 근무하면서 본 공항 송영 풍경이 우리의 1980년대와 비슷하였다. 이들 나라들은 아직도 일가친척과 지인들이 공항 송영을 위해 공항으로 몰려들고 있었다. 그때의 우리 모습과 다른 것은, 인도와 방글라데시는 공항 출국장 입구에서 비행 탑승객들과 송영 나온 사람들을 엄격히 구분해서 탑승객 외에는 송영 나온 사람들은 공항 입구를 통과할 수가 없다는 것이다. 그래서 탑승객들은 공항 입구에서부터 공항 내부로 들어가기 위해서는 긴 줄을 서서 기다려야 하고, 공항 입구를 지키고 있는 보안 경찰관에게 여권과 탑승권을 보여 줘야만 공항 내부로 들어갈 수 있다. 그러다 보니 공항 입구에는 언제나 공항까지 송영 나온 사람들로 장사진을 치는 모습을 보게 된다.

방글라데시 다카 국제공항

## # 대학생 해외 현장 실습

대학생이었던 1980년대 초는 중동 건설 붐이 정점을 찍던 시기였다. 이런 시대적 관심에 걸맞게 대통령 동생이던 전경환 새마을 중앙본부 총재는 새마을 중앙본부 주관으로 전국의 건축, 토목 공학과 3학년 대학생 50명을 선발해서, 이란, 이라크, 리비아, 사우디아라비아, 쿠웨이트, 바레인, U.A.E, 오만 등 중동에 진출한 한국 기업들의 건설 현장으로 현장 실습을 할 수 있게 주선하였다. 나는 대학교 3학년 1학기에 전국의 50명 중 1명으로 선발되어 여름방학 기간에 약 1개월 동안 리비아의 건설 현장 체험을 하게 되었다.

출국 전 서울 강서구에 있는 새마을 중앙본부에서 1차 연수를 받은 뒤 배정된 각각의 나라로 출국하였다. 해외 건설 현장을 직접 체험하고, 실습 후에는 각 기업에서 실습생들에게 US 300불을 실습비로 지급하였다. 선발된 50명 중 5명이 리비아에 배정되었는데 나는 삼성물산의 '미수라타 스틸밀(제철소)' 현장에서 중동 체험의 기회를 가졌다.

리비아 미수라타 스틸밀 현장 실습

## # 리비아 왕복 비행기 풍경

아프리카 북단에 위치한 리비아는 한국에서 매우 멀었다. 김포공항에서 보잉 707 여객기를 타서, 태국 방콕, 바레인을 경유 리비아의 트리폴리 공항까지는 편도로 19시간이 걸렸다. 김포공항을 출발해서 태국 방콕과 바레인에서 각각 2시간 정도씩 경유하는 동안에도 비행기 안에 있어야 했기 때문에 아무리 처음 타 보는 비행기라지만 쉽지 않은 여행이었다.

리비아로 가고 오는 비행기 승객의 대부분이 중동 건설 현장에서 근무하는 근로자들이었다. 리비아로 갈 때는 매우 조용한 분위기였는데 돌아오는 비행기는 그야말로 반전이었다. 중간에 휴가도 없이 계약직으로 2~3년 이상 해외 근무를 마친 근로자들은 비행기에 오르는 순간부터 그야말로 통제 불능의 축제장 같은 분위기였다. 맨발로 비행기 안을 누비는가 하면 기내에 탑재된 술들을 주문해서 모두 마셔 버렸다. 이 당시만 해도 좌석 후반부는 흡연이 가능한 때라서 귀국하면서 사 온 양담배를 피우느라 왔다 갔다 하면서 스튜어디스들의 정신을 쏙 빼놓았다.

건설 현장의 엔지니어나 관리자들은 중간에 정기 휴가를 다녀오지만 근로자들은 정기 휴가도 없이 몇 년 동안 가족과 떨어져 보내다가 귀국을 하게 되니 오죽이나 기뻤고, 홀가분했을지 이해가 갔다. 암튼 트리폴리발 김포공항행 비행기 안의 풍경은 장이 선 시골의 시외버스

김포공항~리비아 트리폴리 기내

안 같은 분위기였다.

이 당시에 중동행 여객기의 여승무원이었던 분이 그때를 회고하면서 중동행 왕복 비행기 탑승객들의 주류를 이루던 근로자들의 모습을 회고한 블로그 글이 있는데 내가 느꼈던 느낌 그대로라서 옮겨 본다.

열사의 나라, 열사의 산업 역군, 건설 역군. 많이 들어봤음직한 말들, 너무도 경직되고 조금은 살벌하며 무거운 표현들, 그 열사의 역군, 건설 근로자들의 이야기를 시작해 보자. 가족과 지금 막 눈물로 헤어진, 그 쓸쓸하고 황망한 감정을 추스를 틈 없이 정신없는 와중에 떠밀리듯 비행기에 올랐을 그들, 그래서 그들은 말이 없었고, 침묵했고, 혼이 빠져나간 표정이었으며 눈동자는 비어 있는 듯했다.

그런 그들에게 승무원들의 환한 미소가 위로가 될까? 나는 아닌 것 같았다. 최대한 차분하게 그들을 맞이하고 싶었다. 식사 후 조명이 꺼진 캄캄한 객실에서 모두는 고개를 외로 꺾은 채 조용했고 더러는 소리 없는 눈물을 흘리고 있는 사람을 나는 보았다. 그렇게 긴 시간의 비행을 마친 그들, 탑승할 때보다 한없이 내려앉은 그들의 어깨, 힘없이 늘어진 어깨를 하고 그들이 비행기에서 내린다. 그들의 모습을 지켜보는 나는 가슴이 아리고 짠하다.

현지 체류를 마친 승무원들은 귀국 항공기에 오른다. 드디어 승객 탑승이 시작되고, 하나둘 탑승하는 그들의 모습은 며칠 전 출국 당시 내가 보았던 그들이 아니다. 대부분 일본 제품인 대형 카세트 플레이어, 전기밥솥, 카메라 등등 저마다 양손 가득 선물 보따리를 들고 있다. 그들의 얼굴은 감출 수 없는 기쁨으로 들떠 있었고, 미소는 사방으로 흘러넘치고, 그렇게 소란스러웠다. 여기저기서 서로를 불러대며 왁자한 모습은 출국 당시 그들 모습과는 180도 완벽하게 달랐다. 승무원들도 마음껏 미소 지으며 활기찬 환영 인사를 건넨다. 안녕하세요? 어서 오세요. 하지만 거기까지다.

탑승부터 소란스러웠던 그들은 한국 도착까지 내내 소란스러웠고, 커피에 소금, 후추, 버터를 넣지도 않았으며, 기내에 탑재된 술이란 술은 종류를 가리지 않고 모두 동을 내 버린다. 승무원들에게 이것저것 요구도 많고, 식사를 마치고 나면, 그 많은 사람들이 일제히 담배를 피운다.

지금은 상상할 수 없는 기내 흡연이 그때는 가능했다. 기내는 순식간에

너구리 잡는 굴속이 돼 버린다. 그 안에 있는 우리 승무원들은 앞이 보이지 않을 정도의 담배 연기에 목은 칼칼하고 눈에선 눈물이 날 지경이다. 극명하게 대조되는, 너무도 다른 이 두 장면은 뭐란 말인가? 반전도 이런 반전이? 한없이 조용하기만 하고 끝없이 가라앉던 출국의 모습과 끝없이 소란하고 텐션 최고치인 귀국길의 이 장면을 서비스하는 우리에게 짓궂은 농담도 건네고 잠시의 눈 붙임도 없이 비행 내내 흥분하고 들떠 있는 그들을, 한편 이해하면서도 감당하기 힘이 들었다.

너무도 낯선 타국에서 자신의 존재 근원으로부터 완벽하게 단절된 채 최소 일 년 이상의 시간을 견뎌 낸 후 만나게 된 고국의 냄새, 고국의 사람들, 이제 곧 만나게 될 그리웠던 가족들, 고생의 대가로 거머쥔 경제적 여유, 당시 사우디아라비아에서의 노동은 한국에서 같은 양의 노동에 비해 4~5배 높은 임금을 받을 수 있었다. 고생했지만 이뤄냈다는 성취감, 이해할 수 있었다.

그 몇 시간의 비행이 우리에겐 버거웠지만, 그 뜨거운 나라(더운 게 아니다, 뜨거운 거다)에서 꼬박 갇혀 밤낮없는 노동을 해내고 그리던 가족을 향해 가는 길을, 그들은 온 마음, 온몸으로 발산 중인 것이다. 그러고 보니 역군이라는 말. 일면 맞다.

그들이, 그들의 몸을 부림으로 고국은 외화를 벌어들일 수 있었고, 경제 도약의 발판을 마련할 수 있었으리라. 형편 어려웠던 가정을 일으켜 세운 그들, 기쁨에 비례해 소리도 높았겠지. 아무렴, 그들은 1970~1980년대 초 한국 경제를 견인한 산업역군이었음이 분명하다.

청춘이었던 그들도 이제는 노년에 접어들었겠지? 젊은 날, 자식을 위해, 부모를 위해 낯설고, 다시 둘러봐도 또 낯설었을 그 뜨거운 타국에서 애썼던 그들이 문득 떠올랐다. 내 비행 생활 한 페이지 속의 그들, 같은 시대를 살아냈고, 지금도 같은 세월을 사는 우리 모두 수고 많았습니다.

– 건설근로자와 함께했던 비행 2

(https://blog.naver.com/haule32/223042000204)

# 리비아

리비아는 북아프리카에 위치하며 지중해에 접해 있는 아랍국가로 중동권역으로도 분류된다. 수도는 트리폴리(Tripoli)이고 주요 도시로는 벵가지가 있다. 1951년 이탈리아의 식민통치에서 독립한 직후인 1950~60년대까지는 현재의 사우디아라비아나 요르단, 카타르, 쿠웨이트, 모로코같이 왕이 통치하던 군주국이었으나, 1969년에 왕정이 군부 쿠데타로 붕괴된 이후 20대의 젊은 '카다피' 대령의 집권은 42년간의 독재정권으로 이어졌다.

내가 리비아에 가 있던 1982년에는 '카다피'가 집권한 지 13년밖에 되지 않는 젊었을 때라서 녹색혁명을 기치로 삼고 왕성한 정치활동을 하던 때였다.

2011년 '카다피' 정권이 붕괴된 이후로 현재는 과도정부하의 공화국이 성립되었다. 이들 과도정부는 이슬람 율법인 샤리아를 기본으로 한 신헌법을 채택하고 이슬람을 국교로 선포했다고 하는데 현재의 정치 상황에 대한 구체적인 내용은 파악이 어려운 것 같다.

인구는 2021년 기준 약 695만 명이고 국토 면적은 시간이 지나도 변치 않는 통계로 약 176만㎢, 세계에서 17번째로 면적이 넓고 아프리카에서는 4번째로 큰 중간 크기의 대국이다. 유럽에는 러시아를 제외하고 리비아보다 큰 나라가 없다. 아프리카에는 세계 순위권에 속하는 국가들이 있어서 조금 밀리지만 그래도 아프리카에서도 영토만으로 5번째 상위권이다. 하지만 대부분이 사하라 사막이기 때문에 실제 개발 가능한 면적은 좁다.

1982년 리비아 트리폴리

## # 미수라타 스틸밀 현장

내가 현장 체험을 하였던 리비아 트리폴리 근교, 미수라타의 삼성물산 스틸밀(제철소) 현장은 원청인 고베제철의 하도급 형태의 건설 현장이었다. 튀르키예 건설업체가 부지 정지 공사를 마치고, 삼성물산이 제철소의 건물을 시공하면 발전소 설비들은 고베제철에서 설치하는 형태의 복합 프로젝트였다. 건설 현장이 대부분 지중해에 면하고 있어서 지하로 터파기를 하면 곧바로 바닷물이 나왔다. 그래서 대부분의 공구에서 well point 공법으로 바닷물과의 전쟁을 외치며 플랜트 기초를 위한 터파기 공사와 건물 및 도로 기반 공사가 진행 중이었다.

1982년 리비아 트리폴리 근교 미수라타 스틸밀(제철소) 현장

그 당시 삼성물산은 신원을 인수해서 생긴 지 얼마 안 되는 신생 건

설회사였다. 이 현장에는 포스코에서 오신 김○○ 소장님과 약 50여 명의 삼성물산 직원들과 삼우설계 이○○ 과장님(삼우설계 임원으로 은퇴)과 10여 명의 설계직이 나와 있었고, 한국 건설 근로자들도 700여 명 정도가 함께 나와 있었다. 근로자들은 한국인이 대부분이었지만 인근의 수단 등 아프리카 노무자들도 일부 있었다.

전체 현장은 여러 공구로 나누어져서 공구장들이 계셨다. 내가 배속된 공구의 공구장은 남궁○○ 공구장님이셨고, 김○○ 기사님과 1달간 같은 방에서 생활하였다. 숙소와 식당 등 각종 편의시설 등이 있는 프리패브 현장 캠프와 현장까지는 차량으로 약 1시간 정도 떨어져 있고, 한국 관리자들은 푸조 픽업으로, 한국 근로자들은 대형 동아 버스로 캠프에서 현장까지 이동을 하였다. 현장 기사님들은 대부분이 운전면허도 없이 시속 150㎞ 이상을 밟으면서 현장과 캠프 사이를 운전하였다.

## # 중동 붐과 오일 머니

1970년대 초 사우디아라비아 고속도로 공사를 시작으로 U.A.E, 카타르, 쿠웨이트, 바레인, 오만, 이란, 이라크, 북아프리카의 리비아 등의 지역을 망라한 중동 붐은 오일 쇼크 등 세계 경제침체로 목이 조여 오던 한국 경제에 숨통을 틔웠다. 그렇게 모래바람을 견디며 중동을 누빈 건설인들의 땀과 눈물 덕분에 대한민국은 혹독했던 가난의 시절을 견뎌 낼 수 있었다.

지금은 해외에 진출한 한국 건설기업들의 엔지니어들과 관리자들만이 나가서 근무를 하지만, 중동 붐으로 불리던 초창기에는 한국인 건설 근로자들이 직업훈련 양성소 등을 통해 배출되어 대거 진출하였다. 해외 진출 건설기업과 함께 일하기 시작한 한국 건설 근로자들은 1978년 8만 4천여 명, 1982년에는 17만 1천여 명으로 정점을 찍고 그 이후로 차츰 감소하였다.

리비아 미수라타 스틸밀 1개 현장 안에도 약 700여 명의 한국인 건설 근로자들이 있었다. 700여 명의 한국인과 일부 현지의 알제리, 수단 등 일부 인력까지 합치면 약 1,000여 명이 되었다. 한국인 전체를 수용하기 위한 숙소시설, 캠프에서 현장까지 근로자들을 실어 나르는 버스들, 현장 내 식당의 주방일 등 모든 부분이 한국인 근로자들로 구성되어 있었다.

중동 건설 붐이 일었던 초창기에 진출했던 대부분의 건설회사들이 해외 공사의 특성을 제대로 파악하지 못한 채 경영하다 도산하거나 부실업체로 전락하기도 했다. 지금은 해외 현장에서 부실이 생기면 고스란히 국가나 회사가 손해를 보게 되지만, 그 당시에는 회사가 손해를 보더라도 한국 근로자들이 받는 현지 급여는 꼬박꼬박 고국으로 송금되기 때문에 국가 발전에 기여하는 공로가 매우 컸다. 이 같은 현상은 지금의 인도, 방글라데시, 파키스탄, 필리핀, 이집트 등의 나라에서 해외로 송출된 근로자들이 그들 국가에 기여하고 있는 역할과 비슷한 상황이다.

## # 해외 파견 한국 근로자들의 애환

뒤늦게 리비아 현장에 진출한 삼성물산은 여러 가지 면에서 후발주자로 모든 복지가 다른 해외 진출 건설 회사들에 비해 매우 열악한 형편이었다. 그래서 한국 근로자들한테서 '월급은 ○○건설에서 받고, 잠은 ○○건설에서 자고, ×은 ○○건설에 가서 싸면 된다'는 농담을 듣기도 했다. 특히 매일 반복되는 식당의 반찬은 양배추를 고춧가루로 버무린 김치에, 수박화채, 소고기 요리 등으로 대부분의 직원들이 '된장기 빠지면 밥맛이 떨어져서 수박화채에 물 말아 먹는 게 다반사'라며 불평하였던 기억도 난다.

40~50도를 오르내리는 더위, 앞이 보이지 않을 정도로 불어오는 모래바람. 그 뜨거운 열사의 땅에서 먹을 것도 매우 열악하였지만 가족을 위해 휴가도 없이 몇 년을 버텨야 했다. 오직 손 편지만이 유일한 소통창구가 되었고, 한국에서 가져온 신문은 자주 접할 수 없는 귀한 정보지가 되어 돌려 가면서 보았고, 관리자들과 함께 휴일에 시내에 나가 국제전화를 하는 일이 가장 기쁜 일이었다.

약 한 달간의 현장 실습을 마치고 귀국을 한다는 소식에 고향이 청주 주변이었던 근로자들이 찾아와서 그분들의 고향에 계신 부모님이나 가족을 위한 손 편지, 영양제 등 선물들을 부탁해서 귀국 후 그분들의 주소로 찾아가 리비아에서 보낸 물건들을 직접 전해 주기도 하였다. 이때 리비아에서 보낸 편지와 선물을 받아 들고 눈물을 훔치던 가족들의 모습이 기억이 생생하다.

1982년 8월 리비아 미수라타 스틸밀 현장

# 리비아에서의 여가 생활

리비아 트리폴리 근교 지중해 해변

리비아는 이슬람 국가라서 금요일이 휴일이었는데 약 1달간 현장 실습을 하는 동안 모두 4번의 휴일을 보냈다. 첫 번째 휴일에는 현장 기사님과 함께 트리폴리 시내에 나가서 일본 등 선진국에서 수입된 가전제품들과 유럽의 약품들을 구경하거나 일부를 쇼핑을 하고, 전화국에서 국제전화하는 모습과 병원에 들러 약간의 치료를 하는 모습들을 보았다. 리비아 트리폴리 병원에 체코의 의사들과 간호사들이 진출해 있던 모습이 특이해 보였다.

두 번째, 세 번째 휴일은 홈즈, 사브라타 등 지중해에 면한 북아프리카의 로마 유적지들을 둘러보았다. 마지막 주 휴일에는 주방에서 양념으로 재운 소고기와 양고기, 리비아 수박, 멜론 등을 푸조 픽업트럭에 싣고 지중해 해변으로 가서 낚시와 휴양을 했다.

리비아는 북아프리카에 위치한 지정학적 특성 때문에 로마 유적지들이 산재해 있었다. 대부분의 유적지들이 관리가 소홀해서 파손된 채 방치되고 있어서 많이 안타까웠고, 바닷가로 철로가 놓여 있었는데 그나마 괜찮은 유적들은 이 철로를 이용해서 이탈리아로 대부분 반출되었다고 전해 들었다. 그래도 여전히 고대 로마시대의 많은 유적지들이 수

고대 로마 유적지

많은 이야기들을 뒤로한 채 고대 제국시대의 위용을 간직하고 있었다.

현재까지 시행되고 있는 이슬람 국가에서의 독특한 문화는 일부다처제이다. 이슬람이 공동체의 생존을 위해 정복 전쟁을 할 당시 남편을 잃은 미망인들이 많이 생겼기 때문에 이들을 위한 배려에서 생긴 제도라고 한다. 카다피 정권에서는 원래는 일부다처제를 금한다고 정했으나 여전히 일부다처제가 실시되고 있는 것 같았다.

지중해 해변에는 가장으로 보이는 리비아의 중년 남성과 언뜻 보아도 부인인 여러 여성들과 많은 아이들이 한 가족으로 바닷가에 나와 피크닉을 즐기고 있는 모습이 매우 인상적이었다.

또한 중동의 폐쇄적인 이슬람 문화에도 불구하고 수영복을 입은 여성들이 자유스럽게 해수욕을 즐기는 자유분방한 모습 역시 예상 밖의 풍경이었다.

한국의 주말과 같은 목요일 저녁에는 한국인 노무자들 전체를 식당에 모아 놓고 포르노 비디오를 대형 화면으로 상영했던 게 인상적이었다. 평일 밤에는 직원들끼리 마작을 하면서 싸대기 술을 나눠 먹는 풍경도 볼 수 있었다.

## # 사막에서의 운전 연습

미수라타 스틸밀 현장은 튀르키예 건설업체가 부지 정리를 마친 지 얼마 안 되는 광활하지만 황량한 사막의 일부였다. 도로가 만들어져 있지만 포장은 되지 않은 채 구획만 되어 있는 데다가 공사용 차량 외에는 통행이 없어 운전 연습하기에 더없이 좋은 조건이었다.

1982년 7월 리비아 트리폴리

점심시간에 현장 사무실에 걸려 있는 자동차 키를 슬그머니 꺼내서 혼자 운전 연습을 하다가 사막의 모래 웅덩이에 바퀴가 빠져서 손으로 모래를 파헤치고, 웃옷을 벗어 앞바퀴와 모래 사이에 넣어 바퀴의 마찰 저항을 높여 간신히 차를 빼내었던 기억이 아직도 생생하다.

약 한 달간의 리비아 현장체험 기간 동안 현장 기사님들이 이용하는 차량을 이용해서 운전 연습을 하였고, 중동 체험을 마치고 귀국을 한 뒤 1종 보통 운전면허증을 취득하였다.

## # 리비아 대수로 공사

리비아는 동아건설이 주도해서 건설한, 세계 8대 불가사의라 불리는 대수로 공사로도 유명하다. 리비아 대수로 공사는 카다피 국가수반이 정치생명을 걸고 추진한, 사막을 녹지로 만들기 위한 녹색혁명이었다. 사하라 사막에 매장된 풍부한 지하수를 파이프로 연결해 지중해 연안까지 끌어내는 엄청난 대역사였다.

1953년 리비아 영토에서 석유를 탐사하다가 내륙의 사하라 사막의 지하 깊은 곳에 1만 년 이전부터 축적된 대량의 지하수가 잠들어 있다는 사실이 발견되었다. 지하수의 양은 나일강이 200년 동안 흘려보내는 유수량과 맞먹는 35조 톤인 것으로 알려졌다.

아랍통합과 녹색혁명을 기치를 내걸었던 카다피는 1980년대 초에

이 어마어마한 지하수를 퍼 올려 해안 도시 트리폴리와 벵가지에 식수와 공업용수로 쓰고, 농경 지대에 관개 공사를 펼치겠다는 야심만만한 계획을 발표했고, 결국은 한국의 건설업체 덕에 이 야심찬 계획을 이룰 수 있게 되었다. 지금도 이 대수로의 물을 이용한 녹색혁명이 계속되고 있는지 업데이트되는 소식을 알 길이 없다.

1982년 8월 리비아 사막

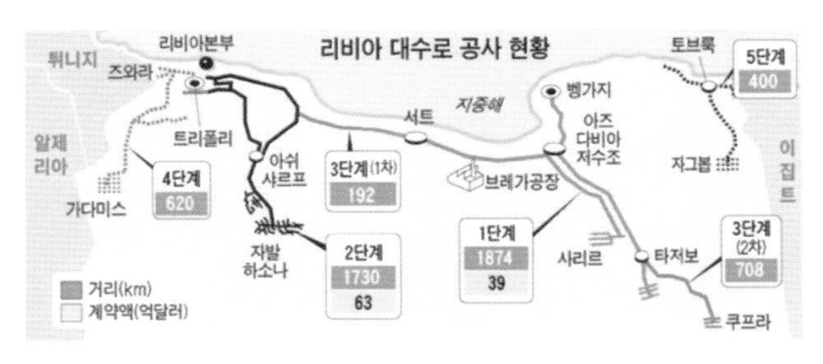


리비아 대수로 공사 지도

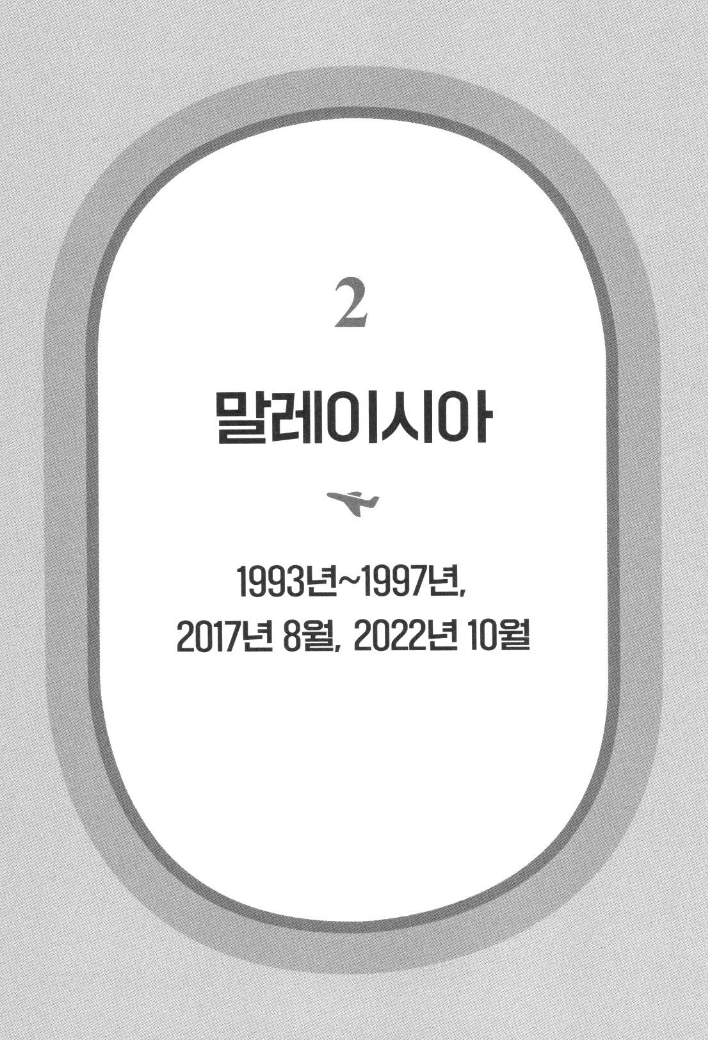

# 2

# 말레이시아

1993년~1997년,
2017년 8월, 2022년 10월

# 첫 해외 현장 근무 # 현장 공사 담당 # 페트로나스 트윈 타워
# 쿠알라룸푸르 한인 타운 잘란 암팡 # 한국 식당 # 잘란 알로 먹자골목 # 바쿠테
# 두리안 # 스파, 마사지&가라오케 # 중국산 참기름과 로얄 세렝고르 주석
# 부미 푸트라 정책 # 애뉴얼 디너파티와 말레이시아 히잡 # 스콜
# 쿠알라룸푸르의 지하 석회암 지대 # 하자 보수 업무 # 방이 골프 멤버십
# 악몽의 티오만섬 여행 # 말레이시아 쿠알라룸푸르 루사카 타워 POE # 키나발루산

## # 첫 해외 현장 근무

1989년, 해외여행 전면 자유화가 시행되었고, 1990년대로 들어서면서 대학생들에게 배낭여행이 인기를 끌었다. 비슷한 시기에 내가 다니던 삼성물산은 말레이시아와 태국 등의 동남아 건설시장에서의 수주가 시작되었다. 본사 근무자들의 해외 출장이 잦아지기 시작했고, 출장을 다녀온 직원들로부터 해외 현장 이야기와 더불어 말레이시아, 태국 등 동남아 현지 사정에 대한 이야기들이 흘러나오기 시작하였다.

자연스레 해외 근무에 대한 관심이 높아지기 시작하였고, 이러한 해외 현장 근무는 고생이 될 수도 있지만, 자녀들의 외국어 교육 등의 혜택을 누릴 수 있다는 점에서 이래저래 화두가 되었다. 해외 현장 근무자들은 본인이 희망하면 해외에서의 집과 학비 지원도 될뿐더러 해외수당이 추가로 지급되어 여러 가지로 메리트가 있었다.

삼성물산 건축 ENG팀에서 근무할 때인 1993년에는 삼성 그룹의 이건희 회장께서 프랑크푸르트 사장단 회의를 주재하면서 말한, 그 유명한 '마누라 빼놓고는 다 바꿔야 한다'는 기치 아래 삼성의 전 계열사가 7-4제(오전 7시 출근, 오후 4시 퇴근)를 처음으로 도입하였다. 삼성그룹 전 계열사 직원들은 퇴근 후 자기 계발 등의 새로운 라이프 스타일을 찾아보기 시작하였다. 나 역시 새로운 근무 환경에 적응하면서 퇴근 후 자기 계발 프로그램 등을 찾아보기 시작하였다. 이처럼 본사에서의 근무 환경이 급속한 변화를 보이면서 해외 근무에 대한 관심은 상대적으로 잦아들게 되었다.

1993년 가을 건축 ENG팀 워크숍

같은 해 10월경 건축 ENG 팀장님이 말레이시아 출장을 다녀오면서 말레이시아 쿠알라룸푸르 현장으로부터 본사 설계직 1명을 급히 파견해 달라는 요청이 있었다. 팀 내 해외 파견을 희망하는 설계직 지원자를 부서원들에게 물어봤지만 역시 예상대로 막상 선뜻 나서는 사람이 없었다. 3개월이라면 해외여행을 대신할 수 있는 좋은 기회로 가볍게 생각하였던 내가 파견 지원을 하였고 그해 11월 30일에 처음으로 해외 현장에서의 파견 근무를 시작하였다.

그동안 해외 출장자들로부터 자주 들어오던 말레이시아의 쿠알라룸푸르에 직접 와서 보니 감회가 새로웠다. 대학교 3학년 때 처음 경험한 해외인 리비아 트리폴리의 근무환경과는 비교할 수 없을 정도로 다양한 문화가 기다리고 있었다. 이미 현장팀이 꾸려져서 모브가 끝나고 정상적인 가동 상태라서 현장에 적응하기도 쉬웠고, 먼저 온 선배들이 현장 생활은 물론이고, 일과 후 여가시간의 활용에 대해서도 잘 가르쳐 주어서 첫 해외 현장 근무였지만 금방 적응이 되었다.

1994년 12월 말레이시아 쿠알라룸푸르 루사카 타워 현장

파견 기간 동안 문제가 되었던 현장 shop dwg 지연 문제를 어느 정도 해결하였으나 현장소장님께서는 추가로 3개월을 더 근무해 줄 것

을 요청하셔서 3개월 파견이 6개월로 연장되었다. 파견 근무 6개월 동안 현장의 설계팀장 역할을 하면서 발주처 주간 공정회의에 참석하게 되었다. 건물 설계를 한 AJM 사의 건축 담당이 호주 사람인 'Mr. Peter'였는데 매우 거칠고, 까칠하게 굴었지만 내가 잘 응대해 주었다. 소장님께서는 나의 일 처리가 마음에 드셨는지 연장된 파견 근무를 마치고 귀국이 임박할 즈음 또 다른 제안을 하셨다. 아예 귀국하지 말고, 정기휴가로 한국에 들어갔다가 공사 담당으로 포디엄 공사와 외장공사를 맡아서 현장 공사 수행업무를 해 달라는 것이었다.

## # 현장 공사 담당

해외 현장이 처음이었지만 6개월 정도 생활을 하고 보니 은근히 해외 현장 생활의 매력도 느끼게 되었고, 무엇보다도 설계업무가 아닌 공사 담당을 맡아서 일해 보라는 소장님의 제안이 솔깃하게 느껴져서 결국은 한국으로 들어가서 휴가와 출국 준비를 한 뒤 정식으로 말레이시아 현장팀에 합류하게 되었다.

그로부터 현장이 완료될 때까지 공사 담당 대리로 시작해서 과장 진급과 함께 공사 과장으로 현장 종료 시까지 근무를 계속하게 되었다. 내가 합류한 이후로 대학원 마치고 갓 입사한 OJT 사원 두 명이 추가로 합류해서 소장님과 관리, 공무, 공사, 기계, 전기 등 총 9명이 현장 초기부터 현장이 종료될 때까지 더 이상의 인원 변동 없이 공사를 모두 마칠 때까지 함께하였다.

현장소장님께서는 안타깝게도 얼마 전에 작고하셨고, 전기 담당 박○○ 선배는 뉴질랜드로 이민을 가서 지금은 7명이 현재까지 꾸준히 현장 OB 모임을 이어 가고 있다.

이들 중에 가족이 함께 나온 경우는 소장님과 공무, 공사, 설비과장 등 네 가족이었는데 한인 타운인 '암팡 타운'에서 거주하였고, 나머지 단신 부임자 5명은 현장에서 200여 m 떨어진 '잘란 부킷빈탕' 거리에 있는 'KL Plaza Apt'에 살면서 도보로 출퇴근하였다.

말레이시아 쿠알라룸푸르 루사카 타워 모임

## # 페트로나스 트윈 타워

페트로나스 트윈 타워는 두 개의 쌍둥이 타워로, 타워동 1개와 타워를 연결하는 스카이 브리지는 한국의 삼성물산 JV 사에, 그리고 다른 타워동 한 개는 일본의 하자마 JV 사로 발주를 하였다.

페트로나스 트윈 타워 야경

건물의 개요는 연면적 217,283㎡, 지하 6층, 지상 88층, 높이 452m로 건설 당시 세계 최고층의 건물이었다.

한국에서 맡은 타워 1개 동과 스카이 브리지는 삼성물산, 극동건설, 말레이시아의 자세테라 3개 사가 JV 형태로 참여하였는데 삼성물산이 리딩사였다. 초유의 세계 최고층 프로젝트에 참여하게 된 삼성물산은 이미 초고층 경험이 있던 극동건설의 실적과 현지 근로자 등의 지원을 받기 위해 말레이시아 자세테라 사와 JV로 참여하게 되었다.

1996년 완공된 말레이시아의 페트로나스 트윈 타워가 새로운 세계 최고층으로 등극하는 세계 기록을 달성할 수 있었던 데에는 삼성물산 현장 팀원들의 땀과 본사 기술자들의 전사적인 지원이 있었다.

세계건설사의 대기록을 달성하기 위해 삼성물산은 공사 막바지를 향해 더욱 치열하게 내달렸다. 유종의 미를 일본에게 양보하고 싶지 않았기 때문이었다.

공사 21개월째인 1995년 12월 마지막 콘크리트 타설이 예정돼 있던 그 날, 현장에 들어서는 삼성물산 현장팀은 송○○ 현장소장님과 김○○ 총괄 공사팀장님 이하 현장팀원들의 심정은 어느 때보다 비장했다. 일본 측이 한국보다 먼저 마지막 타설을 위한 준비 작업을 마쳤기 때문이었다.

일본보다 35일 늦게 시작해 공사 기간 내내 뒤처졌던 삼성물산 JV 사는 최근 3개월간 휴일도 반납하고 밤낮없이 작업한 끝에 겨우 같은 높이로 만들어 놓은 시점이었다. 공사 초반에는 기대도 못 한 기적적인 상황이었다.

현장팀원들의 머릿속엔 일본보다 조금이라도 더 빨리 작업을 마쳐야 한다는 생각 하나뿐이었다. 마침내 88층의 마지막 콘크리트가 부어졌다. 일본의 하자마 JV 사보다 2시간 16분 빠른 기록이었다. 공사 시작 21개월 만에 처음으로 맛보는 승리의 기쁨이었다.

1996년 3월, 사기충천한 삼성물산 JV 사는 내친김에 타워의 최상층을 장식하는 피나클(첨탑) 공사도 일본보다 일주일 먼저 마무리하는 쾌거를 올리면서 마침내 오랜 승부를 승리로 마무리하였다.

이 페트로나스 트윈 타워에 앞서 삼성물산은 1992년 말레이시아 쿠알라룸푸르에 말레이시아 국영 보험 공사인 'MNI 트윈 타워'와 내가 근무를 했던 1993년 객생그룹의 '루사카 타워'를 수주해서 공사를 진행 중이었고, 이런 실적이 세계 최고층 건물인 '페트로나스 트윈 타워'의 수주로 이어졌다.

이들 세 프로젝트는 잘란 부킷빈탕을 중심으로 서로 가까운 도심에 위치하고 있었고, 공사 기간도 세 현장이 겹치면서 삼성물산 직원들끼리 자주 서로 모이거나 기술적인 지원과 교류도 많았다.

말레이시아에서 첫 해외 현장 근무를 하게 된 나는 '루사카 타워'의 현장 팀원으로 합류하여 열심히 함으로써 세계 최고층 건축물이 될 '페트로나스 트윈 타워' 수주에 기여했다는 자긍심을 갖게 되었다.

또 한편으로는 건설 초년생으로서 때로는 거의 비슷한 시기, 비슷한 공간에서 같은 회사 소속으로 세계 최고층의 역사로 남을 페트로나스 트윈 타워 현장에 근무하던 건설 선배님들과 동료들이 부럽다는 생각도 종종 들었다.

### # 쿠알라룸푸르 한인 타운 잘란 암팡

말레이시아는 1990년대는 물론이고 현재까지도 해외 근무지 선호도 조사에서 최상위권을 차지한다.

말레이시아 쿠알라룸푸르 근교 잘란 암팡 다룰 에산 드라이빙레인지

가족을 동반해서 한인들이 많이 살던 '잘란 암팡'은 한국인들끼리는 안방이라 불렀는데 일종의 한인 타운 같은 곳이었다.

주변에 '다룰 에산 G.C'란 이름의 퍼블릭 G.C가 있어서 저녁에는 이곳의 드라이빙 레인지에 한국인들로 넘쳐났다. 나도 이곳에서 'Mr. 발리'라는 이름의 레슨코치에게서 골프를 배우기 시작하였다. 특히 이곳의 드라이빙레인지는 다른 곳과 달리 타석이 모두 호수를 향해 있고, 물 쪽으로 공을 치면 물 위에 떠오르는 연습용 공이라서 배를 타고 공을 회수해 오는 특이한 방식이긴 했지만 드라이빙 레인지에서의 타격 연습과 함께 레슨프로가 필드로 데리고 가서 별도의 그린피 없이 6번 홀까지 캐디처럼 함께 따라다니면서 필드레슨을 해 주어서 쉽게 골프에 입문할 수 있었다.

한인들이 사는 잘란 암팡의 아파트들을 포함한 말레이시아의 대부분 고급 아파트들은 대부분 수영장과 테니스코트가 함께 있어서 가족으로 나온 한국인 부인들은 남편들이 현장에서 일을 하는 낮 시간 동안 아파트 단지 내에서 테니스, 수영을 배우거나 '다룰 에산 G.C'에서 골프 라운딩을 즐길 수 있었다. 게다가 집에는 값싼 인도네시아 메이드와 로컬 운전수를 고용해서 한국에서의 최상류층 생활이 부럽지 않을 정도의 생활을 하였다. 나도 '다룰 에산 G.C'에서 골프를 배운 뒤 얼마 있다가 쿠알라룸푸르 근처의 '방이 G.C' 1년 회원권을 구입해서 근무가 없는 휴일에는 현장 동료들이나 현지인들과 조인해서 라운딩을 하였다.

## # 한국 식당

말레이시아 현장에 근무하면서 식사는 '잘란 부킷빈탕'의 현장 근처에 있는 '한성식당', '놀부식당', '한국관' 등 한국식당에서 장부를 달아놓고 고정적으로 가서 먹는 식이었다. 특히 주로 이용하던 '한성식당'이 기억이 많이 난다. 동료 직원들이 모두 철수하고 혼자 남아서 하자보수 업무를 보면서 아예 '한성식당'에서 거의 점심과 저녁을 사 먹곤 하였다. 쿠알라룸푸르의 몇 안 되는 한국 식당들은 대부분 현지의 가이드들과 연결이 되어 있어서 으레 한국의 단체 관광객들의 식사 코스가 되었다. 식사를 하는 동안 한국에서 온 동남아 단체 여행객들이 불쑥 들이닥치면 왁자지껄해지면서 관광객으로 온 그들이 부럽다는 생각이 들면서 혼자 밥 먹는 모습이 초라하다는 생각이 들곤 하였다.

## # 잘란 알로 먹자골목

말레이시아 쿠알라룸푸르 잘란 알로 먹자골목

현장 생활은 밤늦게까지 야간 근무가 많았는데, 퇴근하면서 '잘란 부킷빈탕' 뒷골목인 '잘란 알로' 야시장에 늘어선 길거리 노점에서 페퍼 크랩, 조가비, 깔라말리 등 각종 해산물과 치킨 윙이라 불리는 닭튀김, 국수, 사테, 바쿠테, 나시고랭, 나시르막, 아쌈락사, 완딴면 등 없는 게 없을 정도로 다양한 현지음식들을 섭렵하였고, 두리안, 망고스틴 등 현지 과일들을 사 먹으면서 그날의 피로를 풀곤 하였다. 현장과 아파트 사이에 참새가 방앗간을 들리듯 왁자지껄하고 활기에 넘치는 야시장에 들르면 왠지 그곳 현지인들과 한 패거리가 되어 있는 착각도 들고, 때로는 공짜로 이런 관광을 매일 즐기고 있다는 괜한 자부심 같은 걸로 우쭐하는 마음도 들곤 하였다.

## # 바쿠테

말레이시아 바쿠테 요리

특히 돼지고기를 한약재 같은 재료와 함께 푹 고아 삶은 '바쿠테' 요리는 노가다들에게 보양식과도 같은 느낌이라서 자주 사 먹었다. '바쿠테'는 원래는 중국 복건성의 향토요리였으나 이곳 출신 이민자들에 의해 싱가포르, 말레이시아 등 동남아시아에 퍼진, 돼지갈비탕 비슷한 요리다. 19세기 말 중국 본토가 여러 혼란에 빠지며 많은 유민들이 세계 각지로 퍼졌는데, 이때 말레이시아에 중국 복건성 출신 이주자들이 모이며 전파되었다고 한다.

## # 두리안

말레이시아는 열대과일이 종류도 많고, 값도 싼 편이었다. 말레이시아에 근무하면서 가장 즐겨 먹었던 과일은 두리안과 망고스틴이다. 특히 두리안은 냄새가 역하지만 열량도 높고, 중독성이 있을 정도로 독특한 맛에 매료되어 자주 사서 먹었다. 두리안은 악취에 놀라고 맛에 반하는 '과일의 왕'이라고 불린다. 뾰족한 철퇴 모양의 두꺼운 껍질 속에 치즈 발효 냄새처럼 고약한 냄새가 특징이라서 호텔 등에는 반입할 수가 없지만 잘 익은 과육은 크림치즈같이 녹아드는 부드러운 맛이 일품이다. 따뜻한 성질이라서 몸이 찬 여성에 좋다고 알려져 있고 떡, 캔디, 빙수, 빵 등 다양하게 두리안 식품이 있다.

말레이시아 열대과일 두리안

## # 스파, 마사지&가라오케

쿠알라룸푸르의 가장 번화가인 '잘란 부킷빈탕' 주변에는 콩코드 호텔을 포함해서 호텔 내부에 또는 별도 건물에도 스파를 포함한 마사지 받는 곳이 많았는데, 이런 곳 또한 묵은 피로를 덜어 낸다는 이유로 자주 들리게 되는데 가서 보면 같은 회사의 다른 현장 직원들과 마주치는 경우도 종종 있었지만 서로가 이해하는 입장이었다. 또한 단신 부임자들이다 보니 의기투합해서 고향, 수바루, 빅토리아, 디럭스, 파노라마 등의 KTV라 불리는 주점에도 들러서 어설픈 팝송도 불러 보면서 회포를 풀기도 하였다.

쿠알라룸푸르 콩코드 호텔

## # 중국산 참기름과 로얄 세렝고르 주석

말레이시아에서 가족과 떨어져 단신 부임으로 근무하면 보통 3~4개월에 한 번씩 정기 휴가를 가게 된다. 현장 생활 초반부 정기 휴가 때는 당시에 한국 교민들의 귀국 시 선물로 가장 인기가 있던 중국산 참기름을 사서 가져가곤 하였다.

아예 한국으로 귀국하는 교민들을 위해 한국슈퍼에서 3kg 용량의 사각 캔에 담긴 참기름 3팩을 잘 포장해 놓아서 가져가기도 좋았다. 3kg 캔 3통을 한국에 가져가면 한 통은 집에서 먹고 나머지 2통은 청주의 본가와 처가에 드리면 어머님과 장모님은 병에 나누어 담아서 본가와 처가 형제들에게 나누어 주셨는데 다들 좋아하셨다.

얼마 뒤부터는 중국산 참기름이 한국에도 수입이 되기 시작하면서 휴가 때 참기름 대신 말레이시아의 특산품인 주석으로 만든 술잔, 머그잔 등의 기념품으로 대체하였다.

휴가 때 한국의 지인들에게 선물했던
말레이시아 주석 특산품들

말레이시아는 태국 밑에 길게 뻗은 말레이 반도와 지하자원의 보고인 보로네오섬의 북부 지역인 사바주에 위치하는 동남아시아 국가이다. 특히 보르네오섬의 북부 지역인 동말레이시아 북부 연안의 남중국해에는 천연가스와 석유가 매장되어 있고, 열대기후로 고무나무와 팜야자수를 많이 재배해서 고무와 팜유 생산량도 세계 몇 위 안에 들 정도이고, '로얄 세랑고르' 주석 상품이 유명할 정도도 주석의 주요 생산지이기도 하다.

## # 부미 푸트라 정책

말레이시아는 인도네시아와 같은 말레이어를 사용하고, 말레이계, 중국계, 인도계가 혼합된 복합 민족국가이면서 '부미 푸트라' 정책으로 국가의 기본 틀은 말레이 위주로 운영되는 이슬람 국가이지만 대표적인 다민족, 다문화, 다언어, 다종교 국가이다. 인종으로 봐도 말레이계가 50% 이상이고, 중국계 말레이시아인들이 약 25%, 인도계 말레이시아인들이 약 10%를 차지하고 있는데 중국계 말레이시아인들이나 인도계 말레이시아인들은 자기들끼리는 철저하게 자기네 언어를 사용하다가도 섞여 있을 때는 영어나 말레이어를 사용하였다. 현장 직원들 역시 말레이계, 중국계, 인도계 등이 섞여 있어서 영어는 기본이고, 말레이어, 중국어, 힌디어 등 다양한 언어를 사용하였고 대부분 2~3개 언어를 사용하는 게 부럽고 신기할 정도였다.

말레이시아 쿠알라룸푸르 루사카 타워 현장 로컬 스태프들과 함께

# # 애뉴얼 디너파티와 말레이시아 히잡

말레이시아 현장에 근무하면서 매년 연말에는 로컬 직원들과 그들의 가족까지 리조트 호텔에 초대해서 송년 모임인 애뉴얼 디너파티를 열었다. 1년을 마무리하면서 그동안 수고했던 현장 직원들과 그들의 가족들을 위로하고 격려하기 위해서였다. 럭셔리한 리조트 호텔에서 가족들과 즐거운 게임도 하고, 최고급 저녁 식사를 했다. 파티의 끝 무렵에는 추첨을 해서 상품을 타 가는 럭키 드로를 하면서 애뉴얼 디너파티를 마치게 된다.

말레이시아 쿠알라룸푸르 루사카 타워 현장 애뉴얼 디너파티 기념

1993년 첫해는 현장 초기라서 그냥 보냈고 1994년 연말에 애뉴얼 디너파티에서 히잡을 쓴 한국 여성이 있어서 모두들 놀랐다. 알고 보니

말레이시아 로컬 공사팀 직원이었던 Mr. 아자리 사원의 부인이었다. Mr. 아자리는 말레이시아 국비 유학생으로 한국의 대학교에 유학을 와서 건축공학을 전공하였다. 한국에서 유학생활을 하면서 겨울에 미팅을 했는데 동남아 출신인 Mr. 아자리가 겨울 날씨를 너무 추워해서 동정 어린 특별한 관심을 받게 되었고 그 이후로 계속 사귀다가 국제결혼까지 하게 된 캠퍼스 커플이었다. 종교와 인종, 그리고 국가를 뛰어넘은 아름다운 사랑에 모두가 찬사를 보냈다.

## # 스콜

말레이시아로 가기 전에 매일 오후 2시면 '스콜'이라 불리는 비가 내려 공사하기가 어렵다는 말을 들었다. 말레이시아는 일 년 내내 고온다습한 날씨이고, 겨울철 우기에 비가 자주 오는 건 맞지만 매일 2시는 아니고, 비가 자주 내리긴 하지만 오랫동안 내리지는 않는 편이다. '스콜'은 보통 1~2시간 정도 내리는 소나기인데 비가 오는 동안 잠시 대기하면 된다. 보통 4월에서 10월까지를 건기, 11월에서 3월까지를 우기라고 구분한다. 이처럼 매일 스콜이 내리다 보니 현장에서도 콘크리트 타설은 주로 야간에 이루어졌다.

## # 쿠알라룸푸르의 지하 석회암 지대

지하 토공사를 하면서 쿠알라룸푸르 지역의 지반층이 캐비티(cavity)가 많은 석회암층이 분포하는 것도 알게 되었고 굴착공사를 하면서 그라우팅공사를 하는 등 어려움이 겪었고, 애초에 탑다운으로 계획했던 지하 공사도 공법을 바꿔서 핸드더그케이슨 공법 등의 변형된 공법을 적용해야 했다. 왜냐하면 구조도면과 시방서에는 말레이시아 쿠알라룸푸르의 지하층 석회암 지대의 특성을 반영해서 토공사 시 지하 기초레벨에 도착하더라도 그 위치에서 보링테스트를 해서 하부 10m 이내에 더 이상 캐비티가 없어야 기초를 타설할 수 있다는 아주 까다로운 조건이 명기되어 있었기 때문이다.

제일 먼저 건물 주변으로 슬러리 월 공사를 끝낸 뒤 건물의 기둥이 위치한 곳은 지하 4층 기초 깊이까지 직경 3.3m, 높이 70㎝의 콘크리트 케이슨을 인력으로 굴착하면서 최하 지하 기초 레벨까지 내려가서 그곳에서 보링테스트를 해서 기초레벨 밑으로 10m 이내에 캐비티가 없음을 확인하고 기둥 기초를 타설하였다.

지하 밑으로 약 15m 깊이를 내려다보기만 해도 아찔한 깊이가 느껴졌다. 인력 굴착이 완료되면 철근을 배근하고 기초를 타설한 뒤 지상층 바닥까지 콘크리트 기둥을 타설한다. 그리고 케이슨과 콘크리트 기둥 사이는 골재로 채운 뒤 지상층 바닥콘크리트를 타설하고 역타로 내려가는 방법이다.

말레이시아 쿠알라룸푸르 루사카 타워 지하 토공사 중
발견된 지하 석회암 Cavity

## # 하자 보수 업무

현장이 준공되자 공무과장만 혼자 남아서 하자 보수 업무를 계속하게 되었다. 나머지 한국 직원들은 모두 귀국하였고 소장님은 태국의 다른 신규 현장소장으로 전배를 가셨다. 몇 달 후 공무과장이 하자 보수 업무 도중에 퇴사를 하는 바람에 본사로 복귀한 지 얼마 지나지 않아서 다시 말레이시아 현장의 남겨진 하자 보수 업무를 이어 받게 되었고, 운명처럼 현장으로 다시 나가서 하자 보수 업무까지 완료하였다.

본 공사를 할 때는 현장에 소장님과 한국인 동료는 물론이고, 현지 직원들과 함께 일을 하다 보니 문제가 있어도 함께 풀어 가면 된다. 그러나 하자 보수 업무 기간에는 혼자서 모든 문제를 해결해야 한다. 동료 직원은 고사하고, 작업자도 없어서 현장과 인접해서 한창 공사 중이었던 삼성물산의 다른 현장에서 직영 인력을 매일 지원받아서 하자 보수 업무를 해야 했기 때문에 렌트카로 매일 이웃 현장으로 먼저 가서 5~6명의 방글라데시 직영 인력을 태워 와서 하자 보수 업무를 하였다.

남겨진 하자 보수 업무는 의논하거나 조력을 받을 사람도 없이 혼자서 펀치리스트를 줄여 나갔다. 하자 보수 업무도 쉽지 않은 업무였지만 혼자라는 고독함과 외로움이 오히려 힘이 들었다.

말레이시아 쿠알라룸푸르 루사카 타워 엘리베이터 로비

## # 방이 골프 멤버십

말레이시아 쿠알라룸푸르 방이 G.C

혼자 근무하면서 평일에는 3일에 한 번씩 한국에서 배달되는 신문을 보면서 보냈고, 휴일에는 쿠알라룸푸르 근교에 있는 방이 G.C에서 당일에 만나는 현지 동반자들과 라운딩을 하면서 6개월 정도의 시간을 보냈다. 이렇게 고군분투하는 동안 직영 인력을 지원해 주시던 이웃 현장소장님 눈에 띄게 되었다. 이웃 현장소장님께서 말레이시아 현장을 끝내고 싱가포르에 새로운 현장의 소장으로 가게 되었다며 나에게 함께 근무할 것을 제안하셨다.

그 이후로 이분이 정년퇴직하실 때까지 싱가포르, 대만, 두바이 등 세 개 현장에서 현장소장과 공사팀장의 관계로 10년 이상을 함께 근무하였다. 결국은 이런 게 인연이 되어 처음 3개월의 해외 현장 지원을 위한 파견이 삼성물산에서 만 60세 정년까지 보낼 수 있게 된 계기가 되었다.

# 악몽의 티오만섬 여행

말레이시아에는 랑가위, 페낭, 티오만섬 등 몇 개의 유명한 섬들이 있다. 1995년 구정 연휴 기간 동안 티오만섬을 찾았다. 현장 차량으로 우리 현장 2명, 이웃 현장인 '페트로나스 트윈 타워' 2명 등 4명의 후배 사원들을 태우고 내가 운전을 해서 쿠알라룸푸르를 출발해서 머르싱에 도착하였다. 차량은 머르싱에 주차해 놓고, 페리를 이용해서 머르싱에서 티오만섬으로 들어갔다. 페리가 출발할 당시만 해도 비가 내리지 않았으나 배가 이동하면서 빗방울이 들이닥치기 시작하더니 비가 점점 거세졌고, 간신히 티오만섬에 도착하였다.

3박 4일 일정으로 버자야 리조트 호텔을 예약하고 갔는데 도착해서부터 내내 장대비가 내렸다. 첫날은 그런 대로 동남아의 장대비와 티오만섬의 낭만으로 여겼으나 둘째 날부터는 걱정이 되기 시작되었다. 이곳에 여행 온 유러피언들의 느긋한 여유가 부럽게 느껴졌다. 그들은 언젠가 비가 그치면 섬을 나가겠지 하는 그런 분위기였다. 구정 연휴 일정에 맞춰 여행 와서 조바심을 내는 우리들이 왠지 초라해 보였다. 우리가 도착한 이후로 계속되는 장대비로 페리도 운항이 중단되었고 경비행기마저 운항이 중단되었다.

3일째 되던 날 다행히 티오만에서 쿠알라룸푸르까지 경비행기가 운항을 해서 4명의 사원은 경비행기로 떠나보냈고 나는 머르싱에 주차한 차를 가져가야 했기 때문에 혼자서 티오만섬에서 하루를 더 보내고 다음 날 머르싱에서 콴탄으로 가는 경비행기를 타고 일단 육지로 나갔다가 콴탄에서 택시를 타고 머르싱에 가서 현장 차를 운전해서 쿠알라룸푸르로 돌아오는 악몽 같은 여행을 하였다.

말레이시아 티오만섬에 갔던 후배 사원들과 함께

말레이 반도 동부 남중국해에 자리한 작은 섬 티오만섬은 말레이시아의 랑카위, 페낭, 코타키나발루 등 널리 알려진 말레이시아의 휴양지들과 달리 많은 사람들에게 친숙한 이름이 아니다. 랑카위나 페낭 등이 고급 휴양지로 알려진 것과 달리 티오만섬은 개발의 수혜를 입지 못했다. 대신 이곳에는 소박한 자연스러움이 있다. 티오만섬은 베르자야 리조트가 대부분을 차지한다.

티오만섬에 가는 방법은 크게 비행기와 배, 두 가지가 있다. 버자야 항공은 말레이시아 쿠알라룸푸르 수방공항과 싱가포르 셀렉타공항에서 1일 각각 1편씩 운행한다. 성수기인 6~8월에는 증편 운항한다. 쿠알라룸푸르~티오만은 1시간, 싱가포르~티오만은 35분이 걸린다. 배는 말레이시아 파항주 동부 해안의 머르싱(Mersing)에서 고속페리를 이용한다. 쿠알라룸푸르~머르싱은 차로 4시간, 싱가포르~머르싱은 2시간 30분이 걸린다. 머르싱에서 티오만섬까지는 고속페리로 약 1시간 반이 걸린다.

티오만섬에는 다양한 가격대의 숙소가 있다. 배낭여행족을 위한 저렴한 숙소는 주로 섬 북쪽 해변에 자리한 살랑 비치와 에어 바탕에 몰려 있다. 에어컨을 갖춘 샬레 스타일의 중급 숙소는 100링기트 안팎이면 가능하다. 버자야 티오만 비치 리조트(Berjaya Tioman Beach Resort)는 섬 유일의 고급 숙박시설로 골프장 등을 함께 갖췄다. 버자야 티오만 비치 리조트 내 다이브 센터에서 운영하는 아일랜드 호핑 투어는 섬을 돌며 툴라이섬과 렝기스섬 등에서 스노클링을 하는 일정으로 오전 9시에 시작해 오후 5시에 끝이 난다. 내 경험에 의존하자면 겨울철에 티오만섬에 가면 우기에 따른 우천기후를 염두에 두어야 한다.

## # 말레이시아 쿠알라룸푸르 루사카 타워 POE

2017년 여름에는 말레이시아 쿠알라룸푸르를 다시 찾아 준공 후 20년째 사용 중인 건물의 내외부는 물론이고 30대의 대부분을 보냈던 추억이 담긴 쿠알라룸푸르의 여러 거리들을 다시 찾아가 보았다.

루사카 타워와 함께 30대를 보냈던 말레이시아 쿠알라룸푸르를 20년 만에 다시 찾았다. 루사카 타워가 위치하고 있는 잘란 부킷빈탕 거리 주변은 세계 어느 곳에 내놓아도 부족함이 없을 정도로 도심의 번화가가 되어 있었다.

말레이시아 쿠알라룸푸르 루사카 타워 건물 관리실

루사카 타워 내부로 들어가서 건물 구석구석을 둘러보았다. 20년이 지났는데도 실내 내부는 깨끗하게 유지되고 있었고, 도심의 임대오피스로서 역할을 여전히 충실하게 하고 있었다. 빌딩 관리팀을 찾아 관리상의 하자나 문제를 물어 보았는데 특별히 문제가 있지는 않다고 하였다. 혼자 남아서 하자 보수 업무를 보는 동안 외부에서 물이 새는 곳이 몇 곳 있었고, 특히 포디엄과 타워가 만나는 부분은 내부 천장 속에 GUTTER를 설치해서 누수를 막았는데 현재는 누수 문제는 없다고 들었다. 지하 주차장과 포디엄의 구석구석은 핸드오버할 때의 모습 그대로 잘 유지되고 있어서 기분이 좋았다.

2017년 말레이시아 쿠알라룸푸르 루사카 타워 엘리베이터 로비 이용객들

1997년 준공 후 20년 만인 2017년,
다시 찾은 말레이시아 쿠알라룸푸르 루사카 타워

## # 키나발루산

말레이시아는 본토와 사바주로 나뉘어 있다. 말레이시아의 석유를 포함한 주요 광물 자원의 보고는 오히려 사바주에서 산출된다. 말레이시아에 근무할 동안에는 사바주를 돌아보지 못했는데 동남아에서 가장 높은 산이 있는 코타키나발루 여행 계획을 여러 번 세웠다가 2022년 11월에야 실천에 옮기게 되었다. 코타키나발루의 주 여행 목적은 4,095m의 키나발루산 등정이었다. 50대에 4천 m급의 네팔의 히말라야 안나푸르나 베이스캠프를 등정한 적이 있었고, 그 이후로 이곳 키나발루산을 버킷리스트로 두었다가 60대가 되어서 정상까지 등정하였다.

말레이시아 사바주 키나발루산 정상

# 3

# 싱가포르

## 1998년 11월~2000년 7월

# 두 번째 해외 현장 근무 # 말차, 싱차 # 페라나칸 # 싱글리쉬 # 호크센터
# 칠리크랩 # 싱가포르 슬링 # 비첸향 육포 # HDB&콘도미니엄 아파트
# COE 라이센스 # 싱가포르 체크인 포인트&조호바루 # JTC HQ&JCC G.C
# Eastern Oriental Express # 싱가포르 이방인들 # 뉴밀레니엄 Y2K

# # 두 번째 해외 현장 근무

싱가포르 JTC HQ 타워

싱가포르에서 1998년 11월부터 2000년 7월까지 말레이시아에 이어 두 번째로 해외 현장 근무를 하였다. 프로젝트는 주롱에 위치한 JTC HQ 타워로, 한국의 LH공사쯤 되는 공공 청사의 본사 건물이다. 지하 3층, 지상 32층으로 연면적 56,000㎡ 규모의 오피스 타워 건물이다.

싱가포르는 동남아시아, 말레이 반도 끝자락에 위치한 섬나라이자 몇 없는 도시국가 중 하나다. 싱가포르는 1963년 말레이시아 연방의 일원으로 영국으로부터 독립하고, 2년 뒤인 1965년에 말레이시아 연방까지 탈퇴하며 독립국가가 됐다. 화교가 많은 동남아시아 국가들 중에서도 중국계 비율이 가장 높은 국가이며, 인구의 70% 이상이 중국계 싱가포르인이다.

## # 말차, 싱차

말레이시아에서 3년 반 동안 이미 살아 봤기 때문에 말레이시아와 이웃하고 있고, 여러 가지로 유사점이 많은 싱가포르는 아주 낯설지는 않았다. 또한 싱가포르 현장에서는 말레이시아에서 함께 근무하면서 손발을 맞춰 본 말레이시아 출신의 중국계 말레이들을 대거 채용해서 함께 근무하였기 때문에 현지 스태프 중에서 싱가포르에서 신규로 채용한 직원들은 절반이 되지 않았다. 현장에서 한국 직원들끼리는 말레이시아에서 온 중국계 스태프는 '말차'(말레이시아 차이니스의 약칭)으로, 싱가포르 출신 중국계 스태프는 '싱차'(싱가포르 차이니스의 약칭)으로 구분했다.

말레이시아 현장에서 함께 근무했고, 싱가포르 현장에서도 함께 근무했던 '말차'인 'Mr. 마이클 림'이 "중국에서 선조들이 출발할 때부터

미모 순으로 북에서부터 남겨지면서 내려와서 태국, 말레이시아를 거치면서 최남단의 싱가포르에 있는 중국계 싱가포르인들의 미모가 최하위"라고 농담을 했던 기억이 난다. 그런데 이런 말을 굳이 해석하자면 싱가포르의 페라나칸 문화에 대한 설명이 아닌가 싶다.

2000년 싱가포르 JTC HQ 타워 현지 직원들

## # 페라나칸

'페라나칸'이란 말레이어로 "누구누구 사이에서 태어난"이란 의미다. 15세기부터 말레이 반도로 이주해 온 중국인들과 말레이인 사이에 태어난 후손 및 그들로부터 파생된 독특한 문화를 말한다. 싱가포르에 살면서 받는 문화적 느낌은 모든 게 섞여 있는 듯한 느낌 그 자체였다.

인종이 섞이면서 언어문화도 '싱글리쉬'처럼 섞여 있는 영어를 사용하고, 음식문화도 두루두루 섞여 있다. 페라나칸 문화의 예로 싱가포르인들이 즐겨 먹는 면 요리인 '호캔미'를 들 수 있다. '호캔(Hokkien)'은 중국 한족의 한 갈래를 의미하며, 호캔미는 중국에서 싱가포르로 이주한 호캔 사람들이 즐겨 먹는 볶음면이다. 새우, 오징어, 돼지고기, 계란 등이 들어가 진한 풍미를 내며 주로 매콤한 삼발(Sambal) 소스와 함께 먹는다.

# 싱글리쉬

싱가포르에서 생활하다 보면 가장 실감나는 부분은 '싱글리쉬'라 불리는 독특한 억양과 대충 생략된 독특한 영어 사용이다. 처음에는 대부분 당황해하고, 잘 알아듣기도 어렵지만 차츰 사용하다 보면 너무도 편해져서 어느새 그들과 비슷한 영어를 사용하게 된다. 싱가포르도 말레이시아처럼 영어, 중국어, 말레이어, 힌디어 등이 공용어로 사용되기 때문에 이들 언어의 영향을 서로 받으면서 영어 문장 뒤에 중국어처럼 '라'나 '마' 등을 붙이면서 'be 동사'를 생략하고, 동사의 시제도 변하지 않게 사용한다.

나름 문법에 맞춰서 제대로 된 영어를 사용하던 사람들도 싱가포르에 살게 되면 영어 체계의 대부분이 흐트러져 버리면서 자연스럽게 이 '싱글리쉬'에 익숙해지게 된다. 어느 순간부터는 영어인지 중국어인지 모를 정도의 영어를 사용하게 되는데, 사용하면 할수록 귀에 쏙쏙 들어오고, 사용하기에 너무 편해지면서 동화되어 버린다.

예를 들어 "지금 너는 퇴근하려고 하니?"라고 영어로 물어보려면 "Are you going home now?"라고 해야 하지만 '싱글리쉬'로는 "You go 마?"라고 하는 식이다. 특히 'No'라고 할 때 특유의 억양으로 '노~라'라고 하는 것이 처음에는 싸가지 없고 매몰차 보였지만 나중에는 나 역시 입에 달고 살게 되었다. 그래서 흔히들 싱가포르에서 오래 근무하면 그나마 좀 했던 영어가 완전히 망가져서 온다고 혹평하지만 막상 싱가포르에서 생활할 때는 정말 편하게 사용하였다.

### # 호크센터

싱가포르에는 '호크센터'라 불리는 음식점들이 유명하다. 싱가포르 전역에 값싸고 다양한 메뉴를 제공하는 일종의 야외 푸드코트다. 현장 근무를 마치고 퇴근 후 현지 스태프들과 자주 가곤 했다. 웬만한 아파트 단지마다 이 호크센터가 있는데 현지 주민들의 중요한 음식 문화공간이기도 했지만 우리 같은 이방인들에게는 피로를 회복하고, 현지 스태프들과 친분을 다지는 사교의 장이기도 했고, 싱가포르를 찾는 관광객들에게는 색다른 경험을 즐길 수 있는 관광상품이기도 하다.

싱가포르 호크센터

호크센터의 유래는 다음과 같다. 대영제국의 대표적 식민 도시였던 싱가포르에는 도시 인프라가 유지될 수 있도록 해 주는 각종 서비스업 종사자(인력거, 대농장 및 광산의 인부, 호커, 점원, 선박 노동자, 창고 노동자 등)가 집단으로 거주하고 있었고, 그 인구 구성은 다수의 중국계, 소수의 말레이계, 인도계, 아랍계 등으로 다양했다. 이들은 주로 인종별로 모여 살았지만, 일할 때는 서로 섞이는 경우도 많았다. 이때 노동자들을 따라다니며 각종 음식을 제공해 주던 이들이 바로 식민도시 싱가포르의 또 다른 명물, 호커(Hawker)였다.

'호커'는 사전적으로 행상, 즉 보따리 상인들을 의미하지만, 당시 싱가포르에서 '호커'는 주로 다양한 인종들로 구성된 노동자들을 따라다니거나 중심가에 좌판을 깔고 각종 음식을 판매하는 이들을 가리켰다.

싱가포르의 호크센터에는 중국식, 말레이식, 인도식, 아랍식, 서구식, 한국식, 일본식, 태국(타이)식 등 다양한 가게들이 있고, 같은 중국식 식당 내에서도 복건(푸젠)식, 광동(광둥)식, 조주(차오저우)식, 객가(하카)식, 해남(하이난)식 등으로 나뉜다.

치킨라이스는 해남인들이 개발한 해남식 메뉴이고, 새우탕면은 복건식, 간장소스를 가미한 볶음면은 조주식, 고소한 향이 나는 납작한 빵 '로티 프라타'는 인도 타미르식이다. 말레이 음식인 나시르막(백반), 미고렝(볶음국수), 나시고렝(볶음밥) 등 다양한 인종들의 개성이 담긴 음식문화가 싱가포르를 미식을 탐할 수 있는 나라로 통하게 하고 있다.

### # 칠리크랩

현장 회식을 할 경우에는 '이스트 코스트'의 씨푸드 센터 내 '점보' 레스토랑 등을 찾아가서 해산물 요리를 즐겼는데, 칠리크랩이 단골 메뉴였다. 칠리크랩은 야근 후 호크센터에서도 자주 먹었지만 이곳에서도 인기 메뉴 중의 하나이다. 토마토소스와 칠리소스를 베이스로 한 걸쭉한 소스에 커다란 게를 통째로 넣어, 만토우(Mantou)라 불리는 중국식 튀긴 빵을 찍어 먹는 식이다.

칠리크랩 레시피는 1950년대 중반 한 싱가포르 부부로부터 시작됐다고 한다. 기존의 토마토소스만으로 맛을 내던 게 요리에 칠리소스를 더해 1956년부터 바닷가 노점에서 팔기 시작한 게 그야말로 대박이 났다고 한다. 1962년 이들은 '팜비치(Palm Beach)'라는 레스토랑을 열었고(팜비치 씨푸드 레스토랑은 지금까지도 여전히 성업 중이다), 이후 칠리크랩은 싱가포르를 대표하는 음식으로 거듭났다.

싱가포르 칠리크랩

말레이시아에서 싱가포르로 건너와 우리들과 함께 근무했던 '말차'들도 가족들과 떨어져 지내기는 마찬가지라서 단신부임으로 나와 있던 우리와 동병상련의 심정으로 더욱더 자주 어울렸던 것 같다. 이들과 맥주로 회포를 달랠 때 칠리크랩은 특히 술안주 겸 요깃거리로 궁합이 잘 맞았다.

## # 싱가포르 슬링

싱가포르에는 럭셔리한 현대식 호텔들이 즐비하다. 그런 호텔들 틈에서 꿋꿋하게 가장 유서 깊고, 최고급의 명성을 유지하고 있는 호텔

중에 래플즈 호텔이 있는데 이곳의 '롱바'에서 마시는 '싱가포르 슬링'이 유명해서 종종 들르곤 하였다.

싱가포르 래플즈 호텔 롱바의 싱가포르 슬링

1951년에 싱가포르의 대표 칵테일로 통하는 '싱가포르 슬링'이 처음 만들어진 곳이 바로 '래플즈 호텔'의 롱바(Long Bar)였다. 당시 싱가포르에서는 공공장소에서 여성들이 맘 놓고 술을 마실 수 없는 분위기였고, 이에 롱바의 바텐더 니암 통 분(Ngiam Tong Boon)이 과일주스처럼 보이는 칵테일을 고안해 냈다. 마치 노을을 연상시키는 핑크빛 칵테일로 드라이진이 들어간 이 칵테일의 도수는 17도 정도로 아주 낮은 편은 아니다. 이곳에서는 독특하게도 껍질을 까지 않은 땅콩을 안주로 먹으면서 땅콩 껍질을 바닥에 그냥 버리는 습관(?)이 전통적으로 전해 내려오고 있다.

## # 비첸향 육포

싱가포르에 근무하면서 정기 휴가 선물로는 '비첸향 육포'가 딱이었다. 비첸향은 1933년부터 싱가포르 차이나타운 노점에서 판매를 시작한 박과에서 유래를 찾을 수 있다. 대나무 판에 얇게 펼친 돼지고기를 숯불에 구운 육포로, 싱가포르를 대표하는 식품브랜드로 자리 잡았다. 지금은 한국의 백화점이나 편의점에서도 이 제품을 구입할 수 있게 될 정도가 되었다.

싱가포르 비첸향 육포

## # HDB&콘도미니엄 아파트

싱가포르도 우리처럼 아파트 문화가 있다. 우리의 주공 아파트와 비슷한 HDB 아파트가 있고, 좀 더 고급의 콘도미니엄 아파트도 있다. HDB 아파트는 싱가포르의 주택개발국(HDB)에서 건설하여 결혼으로 가족을 구성한 거주민이면 누구에게나 수십 년의 장기 할부로 분양해 주는 주거복지 시스템이다.

싱가포르 국민의 80% 이상이 정부가 지어 준 HDB 아파트에 살며, 이들 대부분이 99년 임대로 사는 형태이다. 우리 아파트와 달리 맨 아래층은 필로티로 띄워서 주민 커뮤니티 공간으로 주로 사용하고, 특히 세탁물들을 긴 장대를 바깥으로 내려서 건조시키는 모습이 특이하다. HDB 아파트의 경우 구조도 넓고, 옵션들도 있지만 대체로 주방이 작은 편이다.

싱가포르의 현장이 '주롱'에 위치한 JTC HQ 타워를 건설하는 프로젝트라서 우리는 주롱에 있는 HDB 몇 채를 빌려서 직원들의 숙소로 사용하였다. 아파트와 현장은 도보로 이동이 가능한 거리였으나 차량을 이용하는 편이 많았다. 점심 식사 후 아파트에서 각자 낮잠을 자는 경우가 많아서 이동시간을 절약하기 위해 주로 차량 편을 이용하였다.

싱가포르 국민주택 HDB 아파트

## # COE 라이센스

현장이 개설되면 현장용 및 직원용 차량을 준비해야 하는데 싱가포르는 차량 쿼터제를 시행하기 때문에 차량 값이 비싸고, 일시에 마련하기가 쉽지 않다. 싱가포르는 교통 혼잡과 공해 유발을 줄이는 것을 중시해 '자동차 증가율 0% 정책'을 강조하고 있다. 때문에 국가의 전체 차량운행 수를 관리하기 위해 COE(Certificate of Entitlement) 라이센스 제도를 운영하고 있다. COE는 차량 운행 권리가 있음을 인정하는 증서로 일종의 쿼터제이다. 한번 발급된 증서의 유효기간은 10년이고 정부는 월별로 COE 발급 가능한 양을 정하여 공개입찰을 진행한다. 차량을 구매하려면 이 공개입찰에 참여하여 COE를 구매하여야 하기 때문에 차량 가격보다 높게 형성되어 있는 편이다. 이러한 정책상의 이유로 인해서 차량 구매 방법이 매우 까다롭고 차량 구입 관련한 세금 및 등록비 등의 규제를 강화하고 있어 차량 가격이 가장 높은 나라 중 하나이다.

현장 개설 이후 한국 직원들 모두 싱가포르 운전면허 시험에 응시했는데 한국 면허증이 있으면 필기시험만 응시하면 되었다. 나를 포함한 몇 명은 첫 번째 필기시험에서 떨어진 뒤 재수를 해서 싱가포르 운전면허를 취득하였다.

1998년 당시에 이미 현재의 고속도로 하이패스 통과 게이트처럼 싱가포르 중심부를 통과할 때 공중에 자동으로 차량번호를 체크해서 통행료를 징수하는 시스템이 설치되어 있었는데, 신기하게 보였던 기억이 난다. 그리고 싱가포르의 택시도 주간에만 운영한다든지 도심을 통과할 수 없다든지 하는 등의 구체적인 구분을 통해 철저하게 도심의 교통량을 관리하는 모습이 꽤나 선진적이었고, 작은 도시국가라서 통제가 가능하구나 하는 생각을 하였다.

# 싱가포르 체크인 포인트&조호바루

싱가포르에서 현장근무를 하는 동안 격주에 한 번 일요일 휴무제를 실시하였다. 현장 근무조를 짜서 2주에 하루 쉬는 일요일이 되면 이른 새벽에 싱가포르 국경이 있는 우드랜드 체크인 포인트 국경을 넘어 말레이시아의 조호바루에 있는 골프장으로 가서 36홀 골프를 치고, 조호바루 시내의 호텔에서 스파와 마사지를 받고 싱가포르로 돌아왔다.

조호바루에서는 팜리조트 G.C, 팜빌라 G.C 등을 주로 이용하였고, 한국 프로골퍼 자격시험이 열리는 탄종푸트리 G.C는 가끔씩 들렀다. 싱글은 가장 만만한 팜빌라 G.C에서 처음으로 하였다.

싱가포르 체크인 포인트 근처 주유게이지 안내판

조호바루는 여러 면에서 싱가포르 사람들에게는 삶의 보충제 역할을 톡톡히 하는 곳이다. 싱가포르에서의 비싼 골프 회원권이나 그린피 문제를 해결해 주고, 일주일 동안의 식료품을 값싸게 공급해 주는 곳이기도 하다. 워낙 많은 싱가포르 사람들이 주말에 골프를 치거나 식료품 등의 부식을 사러 조호바루로 넘어가다 보니 말레이시아로 넘어가는 체크인 포인트에서는 싱가포르 국적의 차량들이 주유 게이지에 3/4 이상의 휘발유를 채운 것을 검사하고(말레이시아로 넘어가서 주유하고 넘어오는 것을 방지하기 위함), 반대로 말레이시아에서 싱가포르로 오는 차량에 대해서는 좌석이나 트렁크, 골프백 등에 몰래 사 갖고 오는 담배가 있는지를 랜덤으로 체크하였는데 종종 이 검사에서 담배가 발견되어 벌금을 물던 직원들도 있었다.

## # JTC HQ&JCC G.C

싱가포르 JTC HQ 타워 현장은 JCC G.C와 붙어 있어서 현장 옥상에 올라가면 골프코스의 대부분이 한눈에 들어왔다. 특히 야간에 현장 옥상에서 내려다보는, JCC 골프코스의 조명에 비친 푸른 잔디는 주말의 라운딩을 더욱 설레게 하였다.

앞에서도 언급했듯이 2주일에 1회 일요일만 휴무를 했기 때문에 현장의 팀원들은 2개조로 나누어서 격주로 쉬는 일요일에는 조호바루로

JTC HQ&JCC G.C

넘어가서 골프를 치고, 일요일에 근무를 하는 팀은 전날인 토요일 근무가 끝나고, JCC G.C에서 야간 라운딩을 하였다.

JCC G.C는 토요일 마지막 티오프가 저녁 6시 30분이라서 월요일 오전에 토요일 마지막 조 예약을 하고 한 주를 마무리하는 야간 라운딩을 하였다. 지금은 국내외 대부분의 건설현장이 매주 토요일과 일요일을 휴무로 하지만 당시에는 휴일이 1달에 2번밖에 없어서 대부분의 휴일을 조호바루에 가서 골프를 치고 오다 보니 싱가포르에 2년 있으면서도 사실 많은 곳을 다녀 보진 않았던 것 같다.

2001년 싱가포르 JTC HQ 타워 준공 기념

## # Eastern Oriental Express

싱가포르는 지리적으로 말레이 반도의 조호바루와 다리로 이어져 있고 서울 면적과 비슷한 규모이다. 싱가포르는 물을 말레이시아에서 수입하는 처지라서 조호바루에서 싱가포르로 놓인 대교를 지나다 보면 말레이시아에서 싱가포르로 이어진 상수도관을 구경할 수 있다.

쿠알라룸푸르에서 싱가포르까지 가는 항공은 셔틀편으로 운항하고, 기차도 싱가포르와 쿠알라룸푸르를 연결하고 있다. 이 기차는 '이스턴 오리엔탈 익스프레스'라 불리며 싱가포르에서 출발하여 말레이시아 쿠알라룸푸르를 경유해서 태국의 방콕까지 가는 열차로, 과거 왕족과 저명인사들의 사교의 장으로 명성을 떨쳤던 열차도 운행한다.

이스턴 오리엔탈 익스프레스는 2박 3일, 또는 3박 4일로 나뉘는데 싱가포르에서 말레이시아의 페낭을 거쳐 태국 국영을 넘어 콰이강의 다리 투어를 포함해 방콕까지 2박 3일 패키지로 약 2,400불 정도 한다.

어느 일요일, 말레이시아 쿠알라룸푸르에 왕복으로 다녀오면서 싱가포르에서 말레이시아까지의 풍경을 바라볼 계획으로 싱가포르에서 쿠알라룸푸르로 가는 열차를 탔다가 열차 내의 기온이 너무 낮게 냉방이 되어서 결국은 대부분의 시간을 열차와 열차 사이에서 서서 가다시피 하였고, 반대로 쿠알라룸푸르에서 싱가포르로 돌아올 때는 버스 편을 이용했는데 이 버스 역시 냉방 온도가 낮기는 마찬가지여서 몇 시간 동안을 추위(?)에 떨면서 외투를 별도로 준비하지 않은 걸 후회했던 기억이 난다.

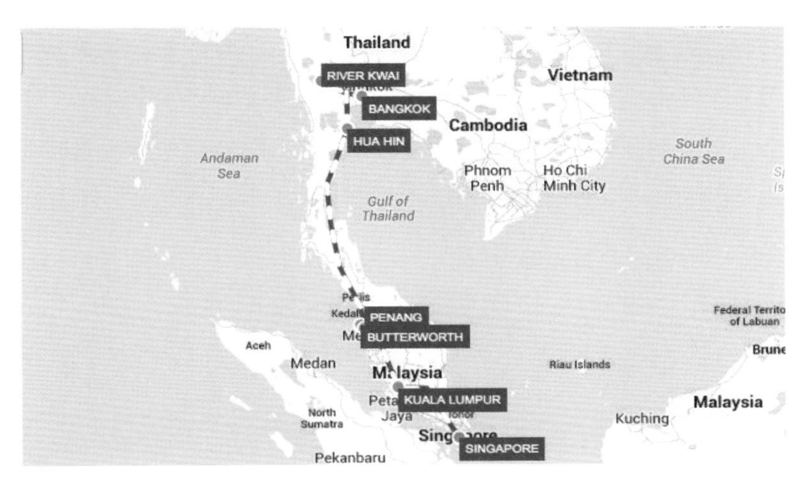

싱가포르~방콕 Eastern Oriental Express 루트

## # 싱가포르 이방인들

함께 근무했던 '말차' 직원들은 2주에 한 번 정도 쿠알라룸푸르의 집에 다녀오면서 싱가포르에 머무는 주에는 우리 한국인 직원들처럼 격주로 조호바루로 넘어가서 놀다 오곤 하였다. 싱가포르에는 '말차'나 우리 한국인 외에도 싱가포르 사람들이 살아가는 데 조력하고 있는 이방인들이 많았다.

상점이나 호텔의 종사원으로는 필리피노가 많았고, 싱가포르 가정의 메이드로 인도네시아 여성들이 에이전시를 통해 진출해 있었고, 건설 현장의 근로자들은 방글라데시 사람들이 많았다. 휴일에 오차드로

드로 가면 필리핀 젊은이들도 무리를 지어 일주일간의 노고를 풀면서 서로를 달래는 모습이 매우 인상적이었다. 그것을 보면서 싱가포르 국가 운영을 위해서는 건설을 위해 나와 있는 우리들을 포함해 방글라데시, 인도, 파키스탄, 인도네시아, 말레이시아 등 주변 아시아 국가 사람들의 지원이 반드시 필요하다는 생각이 들었다.

## # 뉴밀레니엄 Y2K

싱가포르에서 근무할 때는 노스트라다무스의 1999년 7월 지구가 종말한다는 예언과 1999가 2000이 되면 전 세계의 온갖 전산시스템에서 오류가 발생해서 세상이 혼란에 빠져들 것이라는 세기말적 종말론이 괴담처럼 돌았고, 새천년을 처음으로 맞아 보는 전 세계인들이 우려와 걱정을 하던 그런 혼란의 시기였다.

특히 항공기 운항에 대한 걱정이 많았고, 전력 및 난방시스템이 마비가 되면 전 세계적으로 막대한 인명 피해가 발생할 것이라는 우려도 많았다. 하지만 전 세계인의 걱정거리였던 뉴밀레니엄 Y2K 문제는 별 탈 없이 지나가 새로운 세기를 맞이하였고, 그런 와중에 현장의 한국 직원들 몇몇이 의기투합해서 몇 가지 일을 벌였다. 각자 취향에 맞는 시계를 구입하자는 제안을 하여서 나는 '오메가 시계'를 사서 최근까지 사용하다가 인도 현장을 끝낸 기념으로 '태그 호이어 시계'로 바꾸어 차고 있다. 골프클럽도 '가타나 단조' 클럽으로 바꿔서 몇 년을 더 사용하였다.

그리고 현장 팀원들끼리 서울서 만들어 온 크리스털 상패를 놓고 '뉴밀레니엄 배' 삼성 골프 시합을 열었다. 이제는 새천년을 맞은 지도 20년이 훌쩍 넘어서 그 당시 위너로 받은 상패를 보면서 싱가포르 생활에 대한 추억을 찬찬히 더듬어 보곤 한다.

Y2K 뉴밀레니엄 기념 싱가포르 삼성 골프대회

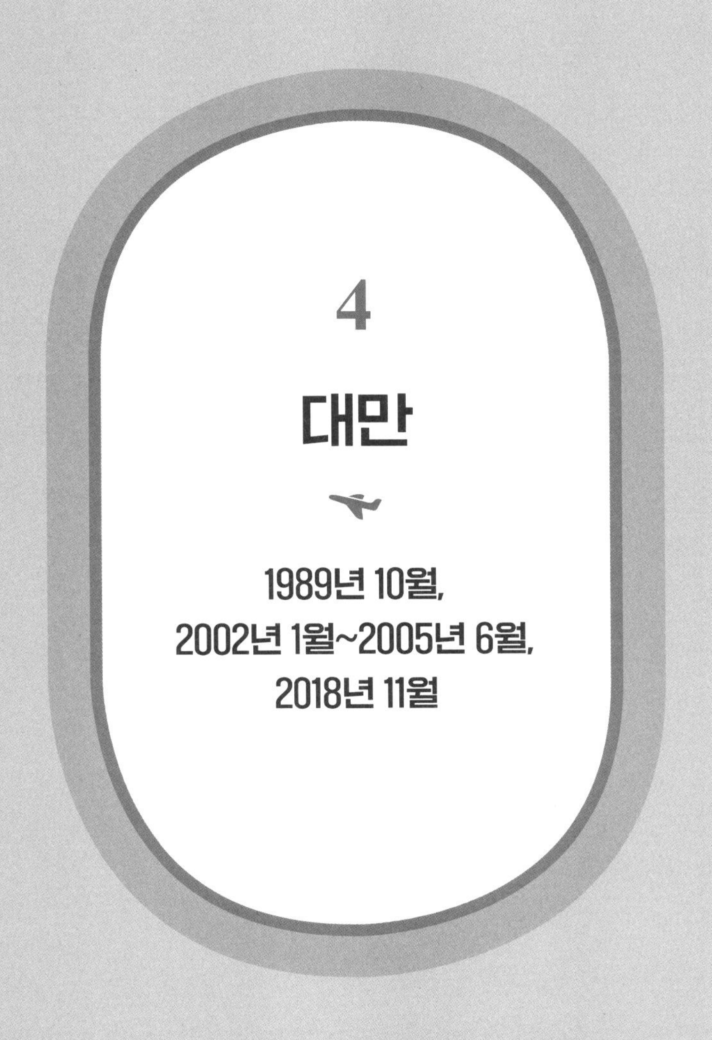

# 4

# 대만

1989년 10월,
2002년 1월~2005년 6월,
2018년 11월

# 대만과의 인연 # 대만의 근·현대사 # 한국과 대만 관계 # 환태평양 지진대 # 사스(SARS) # 온천 문화 # 태풍의 길목 # 습하고 우중충한 날씨 # 타이페이 주택 방범창 # 타이타이(부인, 夫人) # 삭망제(朔望祭) # 대만의 외식 문화 # 타이페이 고궁 박물원 # 대만 옥 광산 # 중국어 개인 교습 # 대만 협력업체의 4단계 특성 # 타이페이 101 타워 POE # 대만 버블티

## # 대만과의 인연

해외여행이 자유화된 1989년, 신혼여행지로 대만을 선택하였고, 2002년 1월부터 2005년 6월까지 3년 반 동안 대만 '타이페이 101 타워' 현장에서 근무를 하였다. 2018년 11월에는 타이페이 101 타워의 POE를 위해 타이페이를 자유여행으로 다녀왔다.

전 직장인 삼성물산은 대만 고속철, 포모사, 타이쫑 테마파크, 타이페이 101 타워 등의 건설에 참여하였고, 현재는 후배 직원들이 대만 타이페이공항 건설에 참여하고 있다.

## # 대만의 근 · 현대사

대만, 타이완, 중화민국, 포모사 모두 같은 나라 이름이다. 1949년 12월, 중화민국의 국공 내전에서 중국 국민당은 중국 공산당에 밀려 난징에 있던 중화민국 정부를 대만으로 이전하면서 중화민국의 통치 지역은 대만으로 축소되었다. 냉전 시대에는 많은 서방 국가들이 대만

타이페이 중정기념관

을 중국을 대표하는 나라로 인정해 왔으나, 1971년 미국이 중국을 대표하는 나라를 중국으로 대체한다는 결정을 발표하면서부터 전 세계 대부분의 나라들이 중국을 공식적으로 인정했으며, 대만과의 외교관계를 단절했다.

## # 한국과 대만 관계

대만은 1948년 대한민국과 최초로 수교한 상징적인 국가가 되었을 정도로 맹방이었지만 1992년 노태우 정부의 북방정책으로 한국과 중국이 수교함과 동시에 단교하게 되면서 양국 관계는 급속히 소원해졌다.

2005년 준공 후 2018년 다시 찾은 타이페이 101 타워

대만 현장에 근무하고 있을 때, 2002년 월드컵 경기를 타이페이의 호텔 라운지에서 한국 직원들끼리 모여서 관람하였다. 우리가 한국 팀을 응원하는 동안 다른 한편에서 보고 있던 대만 현지인들이 한국 대신 상대편 국가를 응원하는 모습에 빈정이 상했지만 한편으로는 아시아에서 가장 가까웠던 우방 국가였던 한국이 대만을 버리고 중국과 손을 잡았던 상황이 그들에게 밉상이었을 게 당연하다는 생각도 들었다.

## # 환태평양 지진대

대만은 환태평양 지진대에 속해 있어서 크고 작은 지진이 잊을 만하면 발생한다. 대만 타이페이 101 타워 현장에 근무하면서 2022년 3월 31일 '타이페이 331 대지진'을 포함한 크고 작은 지진을 평균 2달에 3번 정도로 경험하였다.

2002년 3월 31일은 일요일이었지만 현장 근무를 하던 중이라서 지하 1층의 현장 사무실에서 '타이페이 331 대지진'을 고스란히 경험하였다. 지하에서 1m 이상 좌우로 흔들려서 거의 서 있지도 못할 정도였다. 조금 지나자 지하 1층 현장 사무실 바로 앞의, 선큰 플라자 공간을 1층 작업용 구대로 쓰기 위해 덮어 놓은 복공판 위로 Favco 650 타워크레인 마스터가 부러지면서 무게 2톤짜리 카운터웨이트 철편들이 굉음을 내면서 떨어졌다.

2002년 3월 31일 타이페이 331 대지진

지진 후 곧바로 지하로 들려오는 이 엄청난 굉음을 듣고 2001년, 911 테러 사건으로 월드 트레이드 건물이 무너지는 모습을 보았던 터라서 '아, 드디어 건물이 무너지는구나' 하고 착각하여 외부로 대피하기 시작하였다.

7.5도의 지진으로 사상자가 272명에 달했는데 그중 사망자 5명은 모두 타이페이 101 타워의 근로자들이라서 그 안타까움이 더했다.

이 지진으로 타워크레인 4대 중 2대의 마스트가 꺾이면서 추락해서 1대는 건물의 포디엄 루프를 뚫고 4층 플라자 비계가 설치된 곳으로 내려앉았고, 다른 1대는 신의로 10차선 도로로 떨어졌다. 타워크레인 운전자 2명과 54층에서 철골 작업을 하던 신일본 제철 소속 작업자 3명이 사망하고 20여 명이 다쳤다.

그 이후 조그만 진동에도 금세 패닉을 느낄 정도로 트라우마가 생기게 되었다. 당시에 왕복 10차선의 신의로 도로로 떨어진 타워크레인 마스트가 지나가던 차량 3대를 덮쳤지만 지진이 나자마자 이미 차를 버리고 대피한 뒤라서 인명 피해가 없었다.

## # 사스(SARS)

대만 현장에 근무하면서 전체 현장을 공포로 몰아넣었던 건 지진뿐만 아니라 '사스(SARS)'라고 불리는 급성 전염병도 있었다. 중증 급성 호흡 증후군이라고도 하며, 인간의 호흡기를 통해서 발생하는 질병으로 2002년 11월부터 2003년 7월까지 대유행하여 수천 명이 감염되고 수백 명이 사망하였다.

대만 타이페이 101 타워 현장의 출력 인원도 수천 명이 되었기 때문에 매일 아침 현장 정문에서 온도 체크 등을 하면서 극도로 경계를 하였고, 현장에 감염된 사례는 다행히 많지 않았다.

인간에게 감염을 일으키는 코로나 바이러스의 형태는 제1혈청형과 제2혈청형이 알려져 있는데, 사스의 원인이 되었던 코로나 바이러스는 이 두 가지 혈청형과 다른 새로운 종류인 것으로 나타났다. 원인 바이러스가 전파되는 경로는 아직 완전히 밝혀지지 않았지만 대기 중에 떠다니는 고체나 액체의 미세한 입자에 의해 전파되는 것으로 추측하고 있으며, 사스-코로나 바이러스에 노출된 후 2~7일 정도의 잠복기가 지나면 발열, 무력감, 두통, 근육통 등 신체 전반에 걸쳐 증상이 나타난다. 이후 기침과 호흡 곤란 증상이 발생하고 25%의 환자에게서 설사가 동반된다. 심한 경우에는 증상이 2주 이상 지속되며 호흡 기능이 크게 나빠지고 급성 호흡곤란 증후군 및 다기관 부전증으로 진행된다.

## # 온천 문화

대만 타이페이 근교 베이토 지열곡

지진대에 속해 있다 보니 대만에는 온천이 발달해 있다. 타이페이 근교의 양밍산은 유황가스가 나오는 활화산이고, 타이페이 북서부에 있는 '베이토'는 1894년에 온천이 발견된 뒤 대만 제일의 온천촌으로 발전했으며, 특히 유황 성분이 함유된 온천수가 나오기로 유명하다.

양밍산 중턱의 노천온천에서는 지하에서 온천수가 수증기와 함께 뿜어져 나오는 모습들을 볼 수 있고, 주위의 지열곡 또한 장관이다. 특히 일본 식민지 시대에 지어 놓은 온천장들이 아직도 성업 중이다. 대만 타이페이 101 타워 현장에서의 찌든 피로를 직원들끼리 휴일에 베이토 온천에 가서 풀곤 하였다.

## # 태풍의 길목

태풍 소식을 전하는 기상 예보를 보면 필리핀 동남쪽 어디에서 태풍이 발생하여 대만을 지나 중국 동남쪽을 거쳐 중국 본토에 상륙했다든가, 아니면 일본을 거쳐 동쪽으로 혹은 한국으로 지나면서 영향을 준다는 식이다. 이처럼 대만은 필리핀 근교에서 발생하는 대부분의 태풍이 지나가는 길목에 위치하고 있어서 거의 모든 태풍의 영향권에 있다.

타이페이 101 타워 부대 토목 공사, 바닥돌 공사, 광장 분수 공사, 식재 공사가 마무리되어 갈 즈음인 2003년 9월에는 사라 태풍 이래 역대급 강력 태풍 '매미'가 들이닥쳐 교목들이 모두 뿌리째 뽑혀 나뒹구는 처참한 모습을 보기도 했다.

## # 습하고 우중충한 날씨

대만의 날씨는 여름엔 매우 덥고 습하다. 여름철 타이페이 평균 기온이 29.6℃로 대구보다 3℃ 이상 높다. 태평양 연안에 자리하고 있으며 아열대 기후의 특징을 가지고 있는 타이페이는 여름엔 무더위에 습하며 겨울엔 건조하고 춥다. 장마와 비가 자주 내리는 특징을 가지고 있으며, 태평양의 태풍의 영향을 받아서 매년 태풍의 영향권에 놓이게 된다. 습도는 늘 70% 이상이며, 추울 땐 아주 춥고 더울 때는 아주 덥고 끈적거린다. 온대 기후 지역이기 때문에 사계절은 있지만 봄(4월)과 가을(10월)이 아주 짧다. 대신 여름(5월~9월)과 겨울(11월~3월)이 아주 길다.

겨울철에는 기온이 보통 10℃ 이하로 내려가지 않지만 비가 오는 날이 많아 추위를 제법 느낄 때도 많다. 타이페이의 11월~2월의 월별 강수량이 70~100㎜ 정도로 여름보다 겨울에 비가 더 많이 온다.

## # 타이페이 주택 방범창

대만의 도시들을 다니다 보면 선진국임에도 불구하고 지방이든 수도권이든 어지간한 고급 건물을 제외하면 외벽이 매우 낡아 보인다. 특히 페인트로 마감된 건물들은 도색이 바래도 그대로 두어서 매우 지저분해 보인다.

대만의 아파트나 단독주택의 창문을 보면 온통 쇠창살로 막혀 있는 방범창이 제일 먼저 눈에 띈다. 도둑이 절대로 들어갈 수 없겠다는 생각도 들지만 반대로 화재 등의 유사시 피난은 매우 불리하게 느껴진다.

타이페이 주택 방범창

## # 타이타이(부인, 夫人)

한마디로 중국의 부인들은 대가 세다. 오죽하면 부인(夫人)을 한자로 클 태(太) 자를 두 번 반복하는 태태(太太), 즉 '타이타이'라고 부른다. 예를 들어 사장이 임(林)씨이면 사장 부인은 '임(林) 타이타이'라고 부른다. 그 정도로 여자들의 기세가 등등한 나라다. 그래서 대만 타이페이 101 타워 현장의 협력업체 사장 부인들인 타이타이가 사장들보다 더 나서서 행세를 하는 모습에 매우 익숙했었다.

대만은 대부분이 맞벌이를 하면서 가정 경제도 부부가 각자 나누어 운영한다. 사람마다 인성이 다르지만 보편적으로 중국계 부인들의 대가 센 편이라서 국제결혼으로 한국의 젊은이가 중국의 여성과의 결혼을 생각한다면 왠지 말리고 싶은 생각이 든다.

## # 삭망제(朔望祭)

대만에서 행해지는 전통 종교의 대부분은 불교, 도교, 그리고 민간 신양이다. 대부분의 종교 장소들은 이 세 가지 전통 종교가 혼재되어 있기도 하다.

도교는 중국의 토착 종교이다. 도교의 많은 신들은 실제로 과거에 존재했고 사회에 중요한 공헌을 함으로써 신격화된 인물들이다. 17세기에 대만에 들어온 도교는 중국 문화의 정신을 구현했기 때문에 일제강점기에는 억압되었고, 그 기간 동안 도교 신자들은 비밀리에 그들의 신을 숭배해야 했다. 오늘날 불교와 도교는

삭망제 때 가짜 종이돈을 태우는 모습

융합된 형태를 띠는 것 같았다. 모든 종류의 신들이 같은 사원에서 숭배되고 있으며, 대만 종교의 독특한 특징 중 하나로 자리 잡았다

대만 현장에서 근무하는 동안에도 어김없이 매월 삭망(초하루와 보름)에는 신에게 제사를 올렸다. 아침 일찍부터 현장에는 대만 현지인들이 발주처에서 차려 놓은 제단에 수도 없이 절(배, 拜, 바이바이)을 하는 모습을 보아 왔다. 현장에 있던 우리 한국인들이나 일본인들도 예의상 아침에 출근해서 한 번쯤은 절을 올리면서 발주처 사람들에게 눈도장을 찍곤 했었다. 일반 가정이나 길거리 가게들도 매월 삭망에는 누구나가 엄청난 양의 향을 태우거나 실물 대신 종이로 만든 돈을 태워 하늘로 올라가는 연기에 행복과 가족의 건강 등 여러 소원을 빌어서 거리 곳곳에 연기가 자욱할 정도였다.

## # 대만의 외식 문화

타이페이 시몬띵 음식점

대만의 주택 중에는 부엌이 작거나 아예 없는 집이 허다하다. 큰 추위가 없고 기후 특성상 난방이나 음식 조리 등의 원인으로 실내 온도가 높아지면 곰팡이와 벌레가 창궐하기 쉬워지기 때문이다. 대만에서 유달리 외식 문화

가 발달한 이유 중 하나이기도 하다. 가정에서 타이타이가 음식을 만드는 경우보다는 외식에 의존하는 경우가 많기에 대만의 대부분 남성들은 아침에 집에서 식사를 하기보다는 거리 음식을 먹는 편이다.

## # 타이페이 고궁 박물원

중국이 대만의 타이페이시를 함부로 미사일로 폭격하지 못하는 이유가 타이페이 시민들의 인명 피해 때문이 아니라 타이페이 근교에 있는 타이페이 고궁 박물원의 국보급 유물들의 파손을 우려하기 때문이라는 소문을 대만 현지인들로부터 들은 적이 있다. 1948년 국공내전 당시에 장제스의 중국 국민당이 패주하면서 장제스의 명령으로 베이징의 자금성 고궁 박물관에 있던 유물 중 가치가 높다고 판단한 유물 29만 점을 비롯하여 전국 각지의 유물 60만 8,000점을 선별해서 대만으로 실어와 타이중 등지에 일시 보관하다가 1965년 11월 12일 개관한 타이페이 고궁 박물원에 이를 옮기면서 현재에 이르고 있다. 대만에서는 대륙의 고궁 박물원과 구분하기 위해 타이페이 고궁 박물원(台北故宮博物院)이라고 한다.

타이페이 고궁 박물원

대만에 근무하면서 한국의 지인들이 찾아올 때 모시고 가는 단골 장소였다. 전시품 중에 유명한 것으로는 옥으로 만든 배추 모양의 '취옥백채'와 동파육을 본따 만든 '육형석(肉形石)', 상아로 만든 여러 겹의 장식구와 옥병풍 등이 있다. 특히 배추 모양의 '취옥백채'를 한국의 모 회장님이 매입하고 싶다고 했을 때 한국의 제주도와도 맞바꾸지 않겠다고 한 일화가 있을 정도이다. 소장품이 너무 많아 옥 제품, 도자기, 회화, 청동의 작품들은 3개월 단위로 한 번씩 유물을 바꿔서 전시하는데 60여 년째 겹치는 것이 없다고 한다.

## # 대만 옥 광산

대만은 특히 옥 광산으로 유명하다. 대만의 중부도시인 화련에 가면 옥을 채취하는 광산이 관광코스에 포함될 정도로 유명하다. 장제스의 국민당 시절 중앙산맥을 관통하는 동서 횡단도로를 건설하면서 화련에서 옥 광산이 발견되었다. 대만 돌 광산의 80%가 화련에 있어서 이곳 3,000m가 넘는 돌산에서 나는 대리석과 옥 등을 캐내어 제련을 하고 가공하여 보석과 그릇들 만드는 산업이 발달하였다.

석재 관련 산업이 일찍부터 발달하면서 타이페이시에도 규모가 매우 큰 석재 가공 공장들이 많이 있었다, 이 많은 석재 가공 공장들을 최근 인건비가 저렴한 대만과 가까운 중국의 '샤먼'으로 옮겨서 가공을 하여 수입해 오고 있다. '타이페이 101 타워'에는 이런 옥석이나 대만산 대리석은 사용되지 않고 외산 석재를 사용하였다. 타이페이 101 타워 공사를 하면서 이태리 비만돌로를 포함한 여러 종류의 석재들을 중국 샤먼항으로 수입해서 샤먼항에 있는 가공 공장에서 가공을 해서 대만으로 들여왔기 때문에 샤먼항에 여러 번 다녀왔다. 중국의 샤먼항은 전 세계에서 생산되는 석재들을 산더미처럼 쌓아 놓고 가공을 하고 있는 석재 물류 항구로 유명하다.

## # 중국어 개인 교습

대만 타이페이 101 타워 현장에서 공사팀장으로 근무하면서 공사팀 내 한국인 직원은 신입사원이었던 강○○ 사원 이외에는 따로 없었다. 그래서 유독 더 힘이 들었던 것 같다. 대만의 현지 엔지니어들과의 소통이 특히 쉽지 않았다. 대만의 엔지니어들은 영어도 능통치 않아서 늘 소통에 문제가 있었다. 그리고 그들은 건설영어로 글로벌 현장에서 흔히 사용하는 콘크리트 슬라브, 철근, 시멘트 등의 용어도 로반, 깡찐, 스웨니 등으로 사용하다 보니 중국어를 모르면 공사팀 현지직원들을 지휘할 수가 없었다.

대만 타이페이 101 타워 현장에 부임해서 처음으로 사용한 중국말이 '진탠 공런더런 지거런 라이러?'였다. 번역하자면 오늘 근로자들이 몇 명이나 나왔냐고 현지 엔지니어들에게 물어보는 질문이다. 그래서 국립 대만대학교 박사과정에 있던 김○○ 선생님을 중국어 강사로 모셔서 6개월 동안 매일 저녁 식사 후 2시간씩 중국어 회화를 배웠고 그 이후로는 간단한 중국어로 소통할 수 있게 되었다.

## # 대만 협력업체의 4단계 특성

타이페이 101 타워 현장에는 약 50여 개의 협력업체들이 있었다. 대만 현장에서 근무하는 동안 깨달은 한결같은 패턴이 있었다. 협력업체 선정을 위한 입찰 단계에서 만났을 때의 호탕하고 자신감 넘치며 온갖 신뢰를 보여 주는 듯한 그들의 모습은 늘 오래가지 못했다. 1단계로 처음에 계약을 하러 올 때에는 '뭬이원티(沒問題, 아무 문제 없다)', 계약 후 얼마 지나면 2단계로 '칸칸(看看, 좀 봐야 되겠는데요)' 하면서 서서히 늘어지기 시작하다가 3단계 '요원티(有問題, 문제가 있어요)'가 되면 출력인원을 조절하면서 밀당이 시작된다. 여기서 대안을 마련해 주지 않으면 '메이환화(沒方法, 방법이 없다, 배 째라)'가 되어 타절 직전까지 간다. 처음 시작부터 공사가 끝날 때까지 한결같이 비슷하게 겪은 어려움이었다.

## # 타이페이 101 타워 POE

POE는 거주 후 평가를 의미한다. 시공에 참여했던 건물이 완공 후 어떻게 사용되고 있는지, 혹시나 내부에 어떤 변화는 없는지, 또한 주변 환경들은 얼마나 변했는지 해외 8개 나라, 9개 현장에서 근무하면서 지은 건물들을 얼마간의 시간이 흐른 뒤 여행 삼아 개인적으로 다시 찾아가 보고 있다.

대만의 '타이페이 101 타워'는 공사팀장으로서 2002년부터 2005년까지 40대 전반을 불사른 곳이다. 대만 현장을 마친 뒤 13년 뒤인 2018년

10월에 다시 찾아가서 '타이페이 101 타워' 내외부에서 벌어지는 상황들을 5일 동안 직접 돌아보았다.

대만의 타이페이 시내의 작은 건물들 사이에 유난히 우뚝 솟아 있는 '타이페이 101 타워'는 말레이시아 쿠알라룸푸르에 있는 '페트로나스 트윈 타워'의 아성을 깨고, 세계 최고의 마천루로 자리 잡았지만 오래가지 못하고 역시 삼성물산에서 시공한 U.A.E 두바이의 '부르즈 칼리파 타워'에게 자리를 내주었다.

준공 후 오랜만에 다시 찾은 '타이페이 101 타워' 야경을 보니 7층 이상의 오피스 전체가 환하게 불을 밝히고 있는 모습이 2005년 완공 당시 54층에 '베링거 인겔하임' 한 업체만 입주하였던 것과 대비되었고 이제는 전 층이 야간까지 사용되고 있어 보기 좋았다.

2018년 다시 찾은 타이페이 101 타워 야경

부대토목 공사, 바닥돌 공사, 광장 분수 공사, 식재 공사를 거의 완료하였을 때쯤 태풍 '매미'가 들이닥쳐 식재된 교목 전체가 뿌리째 뽑혀 참담했는데, 그 이후 다시 심은 조경수 교목들은 수종 선택이 지질에 잘 맞지 않았는지 십수 년이 지났는데도 크게 자라질 않고, 많이 부실해 보였다.

특히 외부의 석재 공사는 비가 많이 오는 대만의 기후 환경상 백화현상이 생기지 않도록 해야 하기 때문에 여러 가지 디테일에서 어려움을 겪었다. 건물 주변으로 2개의 조형 분수와 지하로 내려가는 선큰 플라자 계단은 전면 재시공을 하였던 아픈 기억이 있다.

1층 광장에서 지하 전문 식당가로 내려가는 선큰 플라자의 1.2m × 15㎝ × 40㎝의 통돌 화강석 계단은 방수면 위에 습식으로 설치했는데 전문 식당가 개점 이후 백화 현상으로 전체를 다 뜯어내야 했다. 통돌 계단석과 방수면을 띄우는 floating 공법으로 3개월에 걸쳐 전면 재시공을 하였는데, 지금은 그런 흔적은 전혀 없이 지하의 식당가를 오고 가는 사람들로 붐볐다.

북측 광장의 분수는 용의 형상으로 노즐 주변의 페데스탈 및 10㎝ 두께의 석재 가공 등 공사 과정에서 많은 애로사항이 있었지만, 두바이 쇼핑몰 주변 분수, 라스베이거스 분수 등을 보고 난 후라서 그런지 타이페이 101 타워에 걸맞지 않게 왜소한 느낌이 들었다.

타이페이 101 타워의 전면에 우뚝 솟아 있는 10개의 스테인리스 국기게양대는 타워의 규모에 어울리게 직경 1.3m, 높이 36m의 규모를 자랑한다. 바닥 기초공사와 앵커볼트, 본체가 워낙 커서 2단으로 나눠

백화 현상으로 전면 재시공했던 선큰 플라자 계단

서 어렵게 한 크레인 작업 등으로 감회가 남다르지만, 여전히 위용이 있어 보였다.

지하 1층의 전문 음식점가는 완전 성업 중이었는데 천장의 일부 인테리어는 개조한 흔적들이 보이고 일부 모서리에 상처 난 식탁 테이블들이 그동안의 시간을 말해 주고 있었다. 지상층을 받치고 있는 기둥을 감싸고 있는 '비만돌로' 석재의 광택이 유난히 반가웠다.

지하 1층부터 지상 5층까지의 전문 쇼핑몰은 세계 여러 나라들의 어느 쇼핑몰보다도 럭셔리하고, 아무리 다시 봐도 자랑스러워 보였다. '비만돌로' 석재의 까다롭고도 독특한 캐릭터 때문에 마음고생도 많았지만 베이지 계통의 '크리마 마필', '보티치노' 등의 유사 석재들보다 훨씬 엘레강스하고, 우아해 보였다. 돌 한 장, 한 장에 40대 전반의 혼을 담았던 기억에 감회가 새롭고 마음이 울컥하였다.

타이페이 101 타워 쇼핑몰 내부

바닥 석재인 프랑스산 '콤플란첸'은 shell이 많고, 가공된 사이즈 상태로 반입해서 타원형의 전체 문양을 맞추는 데 어려움이 많았다. 과연 지금은 어찌 되었을지 몹시 궁금했는데 워낙 여러 해 동안 연마와 왁싱을 해서 완전히 럭셔리한 쇼핑몰의 바닥으로 자리 잡은 것으로 보여 마음이 놓였다.

쇼핑몰 4층의 social plaza는 경간 70m의 트러스와 높이 40m의 대공간을 연출하는 실내 광장이다. 트러스 페인트 공사와 천장 공사를 위해 23만㎥의 엄청난 양의 비계를 설치하고, 해체하면서 안전 때문에 마음 졸였던 기억이 생생하다.

타이페이 101 타워 1층 남측 플라자 광장은 한국인 참여자들을 포함한 전체 공사 참여자들의 이름을 형형색색의 크리스털 블록 한 개, 한 개마다 새겨 넣어 모두 7개의 '크리스털 아트월'로 만들어서 야간에는 형형색색의 아름다운 조명이 빛을 발하도록 설계되었다.

자연스레 이 크리스털 아트월은 이곳을 찾는 관광객들에게는 사진 촬영을 하는 명소가 되어 있었다. 싱가포르 디자이너가 설계한 이 '크리스털 아트월'도 코디가 많이 필요해서 여러 번 재시공을 했었는데 이곳을 찾은 관광객들은 이런 사연을 전혀 알 필요도 없이 그저 예쁜 아트월 앞에서 인증 사진 찍기에 여념이 없어 보였다. 다시 찾은 현장에서 공사하는 동안의 전쟁터처럼 치열했던 수많은 기억들을 뒤로한 채 다른 관광객들처럼 이름이 새겨진 '크리스털 아트월'을 배경으로 아내와 인증 샷을 남겼다.

대만 타이페이 101 타워 건설에 참여했던 사람들의 이름이 새겨진 크리스털 아트월

대만 타이페이 101 타워 건설 참여자들의 이름이 새겨진 크리스털 블록

## # 대만 버블티

대만 버블티

제2의 직장이 있는 문정동 법조단지 내에서 점심시간에 더러 산책을 하면서 '공차' 상호가 붙은 가게를 지나다 보면 언제나 키오스크에 줄 서 있는 젊은 이들의 행렬이 '공차'의 인기를 대변하는 듯하다. 모처럼 함께 줄을 서서 대만에서 보았던 공차의 추억을 새겨 보았다. 점심 식후라서 밀크티가 복부 팽만감을 더해 부담스러웠지만 차가운 우유가 주는 신선함과 아랫부분에 가라앉은 진주의 맛은 여전히 옛날 대만서 먹었던 맛의 추억을 살리기에 충분했다.

대만에서 3년 반을 살았다. 해외 현장 중에 유일하게 가족이 함께 나와 생활했던 곳이라 나름 여러 가지 추억들이 떠오른다. 쫀쭈나이차를 아이들이 좋아했지만 혹시라도 목에 걸릴까 봐 잘 못 먹게 했던 게 마음에 걸린다.

대만의 '버블티'는 대만 말로 '버블티(珍珠奶茶, 쫀쭈나이차)'라고 발음한다. 버블티는 대만 대표 음료이며, 현재 유럽, 미국 등지에도 보급이 되었다. 물론 버블티의 고향이자 버블티의 메카 대만에서 맛을 볼 필요가 있다.

버블티는 우유차 안에 고구마전분으로 만든 구슬 모양의 작은 알맹

이를 넣은 전통 아이스 음료이다. 나중에 개량이 되어 흑설탕을 넣고 끓여 탄력 있고 향기로운 맛을 갖게 되었다. 투명감이 있는 구슬 모양으로 인해 '진주(珍珠)'를 '쫀~쭈'로 발음하고, '나이'는 '우유', '차'는 그대로 '차'로 발음하기 때문에 모두 합하면 '쫀~쭈 나이 차'쯤으로 들린다.

# 5

# U.A.E

## 2007년 3월~2011년 2월, 2022년 1월

# 네 번째 해외 근무 현장 # 사막의 기적 # 세기의 건설 시장 # 부르즈 칼리파 타워
# 버즈 알 아랍 호텔 # 빌라 주택 # 전 세계 자동차들의 전시장 # 사막 사파리
# 아라비아 해변 # 아라비아해 요트 낚시 # 골프 # 스포츠 흥행 도시 # 양고기 문화
# 라마단 # 이슬람 복장 # 대형 쇼핑몰 # 두바이 실내 스키 # 알 아인 온천
# 호르무즈 크루즈 # 두바이 BD 12&13 트윈 타워 POE # A380 비즈니스 클래스

## # 네 번째 해외 근무 현장

2007년 3월부터 2011년 2월까지 만 4년 동안 40대 후반을 보냈던 아랍 에미리트(U.A.E)는 말레이시아, 싱가포르, 대만에 이어 네 번째 해외 근무를 했던 나라이다.

두바이 엑스포가 열렸던 2022년 1월에는 회갑 기념 여행으로 4박 5일 동안 두바이를 다시 찾아 내가 시공에 참여했던 건물과 살았던 동네를 다시 둘러보는 여행을 하였다.

## # 사막의 기적

아랍 에미리트는 U.A.E(United Arab Emirate) 즉 아부다비를 포함한 두바이, 사자, 라살카이마, 아즈만, 움알쿠와인, 푸자이라 7개의 토후국이 연합한 형태의 나라로 수도는 아부다비고, 두바이가 최대 도시이다.

19세기 말 영국의 보호령이 되었으며 작은 토후국들이 난립하던 지

2009년 12월 U.A.E 두바이

역이었다. 영국의 주둔이 끝나면서 주변의 9개 토후국들이 U.A.E로 출범하였고, 카타르와 바레인이 탈퇴하면서 7개 토후국의 국가연합이 되었다.

석유가 나오기 전에는 주로 어업과 진주 양식이 주산업이었으나, 1962년 아부다비에서 석유가 나오기 시작하면서 변화가 일기 시작하였다. 석유는 주로 아부다비 지역에서 산출되고 있으며 두바이의 매장량은 아부다비에 비하여 매우 적고 빠르게 고갈되고 있기 때문에, 아부다비와는 달리 석유산업 의존도를 줄이고 관광, 부동산 등으로 산업을 다각화하기 시작하였는데 과감한 개발정책과 개방정책을 통하여 중동 지역의 경제개발 모델이 되고 있다. 또한 외국 관광객을 유치하기 위하여 사막에 스키장과 골프장을 건설하고 두바이 해안에 인공섬을 개발하는 등 부동산 개발과 외국인 투자유치 정책을 시행하고 있다.

세계에서 제일 높은 빌딩인 부르즈 칼리파 타워(168층, 828m)를 건설하였고, 인공섬 프로젝트로 Palm Jumeirah, Palm Jebel Ali, Palm Deira를 일부는 완공하였거나 진행 중이다.

또 하나의 인공섬으로 2003년 시작된 'The World' 역시 두바이 해안에 세계지도 모양의 인공섬을 건설하는 프로젝트로, 2008년 세계 경제위기 이후 어려움을 겪어 왔으나 최근 투자가가 다시 모여들고 있다고 한다.

2007년 2월 아라비아해에서 바라본 U.A.E 두바이 건설 모습

# 세기의 건설 시장

처음 중동의 땅을 밟았던 2007년 초의 두바이는 마치 모든 것을 새로 만들어 볼 계획인 양 건설 프로젝트들이 널려 있었고, 내가 다니던 삼성물산에서도 해외 경험이 있는 인력들을 찾느라 분주했다. 갑자기 U.A.E에서 수주한 현장의 수가 많다 보니 해외 건설 시장의 경험이 없던 직원들도 꽤나 많이 나와 있었다.

바다에 흙을 매립해서 인공섬을 만들고, 그 위에 건물을 짓고, 사막의 땅에 꿈의 도시를 만드는 드리밍 프로젝트들로 넘쳐났다. 부르즈 칼리파 타워 말고도 100층이 넘는 초고층 프로젝트들이 많았고, 원형으로 된 초대형 건물 등 아주 특이하거나 시공하기 어려운 디자인의 건물들, 상상을 초월하는 크기의 신공항을 건설하는 프로젝트 등 설계자들에겐 이미 수많은 디자인들이 제안되어 있었고, 전 세계의 유명한 건설사들도 이런 꿈의 시장에 도전장을 내고 있었다.

현지의 '아랍텍'이라는 건설회사는 근로자 캠프에 이미 5만여 명을 수용할 수 있는 캠프시설을 갖추고 있을 정도였다. 두바이와 아라비아해를 사이에 두고 있는 인도는 뭄바이를 포함한 각 도시에서 두바이, 아부다비, 사자 등으로 하루에도 몇 편의 셔틀 항공편으로 근로자들을 실어 나를 정도였다. 삼성물산은 현지 근로자를 갑자기 채용할 수 없어서 부르즈 칼리파 타워 현장의 경우는 현지의 '아랍텍'과 벨기에의 '베식스' 사와 JV로, BD 12&13 트윈 타워는 튀르키예의 'BAYTUR' 사와 JV를 맺어서 근로자와 캠프시설을 활용하였다. 벨기에의 '베식스' 나 튀르키예의 'BAYTUR' 사는 외국 건설회사면서도 이미 두바이 건설 초기부터 참여해서 근로자 캠프와 직영 근로자들을 많이 확보하고 있던 상황이었다.

그러나 2008년 갑작스런 금융위기가 닥치면서 내가 근무하던 BD 12&13 트윈 타워와 세계 최고층의 부르즈 칼리파 타워 현장을 제외하면 삼성물산에서 수주했던 신공항, 아이콘 타워라 불렀던 초대형 원형 건물, 100층짜리 3동이 포함된 타워 프로젝트, 팜 쥬메이라 빌딩 등 대부분의 프로젝트들이 타절되면서 중동의 드림 건설의 맛만 잠시 보고 모두 철수하였다.

2022년 1월 U.A.E 두바이 마리나

## # 부르즈 칼리파 타워

삼성물산은 1990년대 세계에서 가장 높은 건물인 말레이시아의 페트로나스 트윈 타워, 2000년대 대만의 타이페이 101 타워와 두바이의 부르즈 칼리파 타워를 건설하면서 명실상부한 세계 초고층 건축의 최강자로 자리매김하였다.

나는 말레이시아 페트로나스 트윈 타워가 건설될 당시 쿠알라룸푸르의 루사카 타워 현장에서 근무를 하면서 페트로나스 트윈 타워의 건설 과정을 지켜보았고, 대만 타이페이 101 타워는 공사팀장으로 직접 참여하였다. 두바이 부르즈 칼리파 건설 때는 역시 4차선 도로를 사이에 두고 부르즈 칼리파 타워와 마찬가지로 EMAAR 사가 발주한 BD 12&13 트윈 타워에서 공사팀장으로 근무하면서 부르즈 칼리파 타워의 건설하는 과정을 직간접적으로 지켜보았다.

부르즈 칼리파 타워는 이미 시작 단계에서부터 세계 최고 높이라는 그 경이로움에 대해서 세계가 주목했고, 이로 인해 삼성물산은 세계 3대 초고층 타워들(말레이시아 페트로나스 트윈 타워, 대만 타이페이 101 타워, 아랍 에미리트 부르즈 칼리파 타워)을 모두 시공함으로써 세계 최강의 글로벌 건설사로 부상하였다.

착공 60개월 만인 2010년 1월 5일, 부르즈 칼리파 타워 개관식을 하였다. 셰이크 모하메드 국왕의 124층 전망대 관람으로 시작해 사막의 꽃을 주제로 한 분수쇼, 건축물의 외관을 빛내 주는 조명쇼와 다채로운 불꽃놀이 등으로 진행되었으며 약 6,000여 명이 참석하여 대한민국이 만든 기적을 다함께 축하했다.

2010년 U.A.E 두바이 야경

2022년 1월 두바이를 다시 찾았을 때 이 148층의 프리미엄 전망대를 올라가 보았다. 전망대를 올라가는 동안에 부르즈 칼리파 공사에 참여했던, 당시 현장소장님이셨던 김경준 부사장님을 비롯한 몇몇 삼성물산 동료들의 사진을 보면서 가슴이 뭉클하고 자랑스럽게 느껴졌다.

삼성물산 김경준 부사장님을 비롯한 부르즈 칼리파 타워 건설 참여자들

148층 프리미엄 전망대 티켓을 예매하면 124층의 일반 전망대에 비해 가격은 비싸지만 별도의 안내를 받으며 프리미엄의 대우를 받게 된다.

공사할 당시에 가끔씩 이웃 현장이라서 올라가 보았지만 완공된 건물에 일반 관광객으로 올라가 두바이 시내를 내려다보니 40대 후반 4년 동안의 두바이 현장 생활이 파노라마처럼 머리를 스쳐갔다.

2022년 1월 다시 찾은 부르즈 칼리파 타워 148층 프리미엄 전망대

부르즈 칼리파 타워는 주변에 분수쇼로 유명한 인공호수와 세계 최대 규모의 쇼핑몰인 '두바이 몰'이 함께 어울려 있어서 두바이 관광의 중심이 되고 있다. 인근 두바이 메트로역에서 이곳까지 냉방이 되는 연결통로가 잘되어 있어서 더욱 편리하다.

두바이에서 내가 공사팀장으로 근무했던 BD 12&13 트윈 타워는 지상 32층과 37층의 트윈 타워로 서울의 테헤란에 위치했다면 결코 작지 않은 건물이었지만 워낙 높이가 높고 규모가 큰 부르즈 칼리파 타워 옆에 바짝 붙어 있다 보니 마치 부르즈 칼리파 타워에 붙은 작은 부속건물처럼 귀엽게 보인다. 이미 대만 타이페이 101 타워에서 초고층의 요소 기술들을 많이 보고 배우면서 자부심도 갖게 되었지만 막상 두바이로 와서는 세계 최고층 프로젝트 건설팀에 합류하지 못해 아쉬움이 있었다.

세계 최고층 건물인 부르즈 칼리파 타워와 BD 12&13 트윈 타워

공사 중에도 한동안 부르즈 칼리파 현장 식당에서 식사를 같이하면서 같은 삼성물산 소속으로 형제처럼 지냈지만 왠지 부르즈 칼리파 현장 동료 선후배들에 비해 위축된 느낌이 들 때가 많았다. 그러나 부르즈 칼리파 타워의 경우 여러 분야로 공사 파트가 나뉘어서 한 개인이 어느 한 분야에 집중해야 했다면, 나는 BD 12&13 트윈 타워의 총괄 공사팀장으로 한국인 공사팀원 없이 JV 파트너사인 튀르키예 BAYTUR사의 엔지니어들을 잘 통솔해서 종합적인 공사 지휘를 하는 역할을 했고, 거기서 자부심과 긍지를 갖게 되었다.

## # 버즈 알 아랍 호텔

버즈 알 아랍 호텔은 여느 호텔과 달리 일반인들에게는 개방을 하지 않고, 투숙을 하거나 레스토랑 등 부대시설을 이용하는 손님들에게만 개방을 하고 있다. 하지만 최상층의 최고 럭셔리한 스위트룸을 직접 눈으로 체험할 수 있는 투어 코스가 있어서 직접 잘 수는 없더라도 투어 코스를 통해 호텔 로비와 라운지, 스위트룸을 직접 체험할 수 있다.

두바이에 근무하면서 가족이 두바이에 오거나 지인들이 오면 미리 예약을 해서 버즈 알 아랍 호텔의 아시아 퓨전 레스토랑에서 식사를 하면서 내부를 둘러보곤 하였다.

2010년 버즈 알 아랍 호텔 야경

버즈 알 아랍 호텔은 두바이의 상징처럼 느껴지는 건물이었고, 부르즈 칼리파 타워가 완공되기 전까지는 두바이에서 가장 높았던 건물이다. 영국의 WS 엣킨스에서 설계를 하였고, 시공은 남아공의 Murray &Roberts에서 하였다. 1994년 공사를 착수하였고, 정식 오픈은 1999년 1월부터였다. 내부에는 테프론 막으로 둘러싸인 아트리움이 있는데 세계에서 가장 높은 아트리움이다. 객실은 202개인데 28개는 복층으로 되어 있고 제일 비싼 로열 스위트룸은 시즌에 따라서 1박에 2만 불에서 최고 4만 불까지 한다.

## # 빌라 주택

두바이를 포함해서 중동 땅에 와서 본 이들의 거주 형태는 빌라라고 불리는 단독주택 형태가 대부분이었다. 두바이 현장에 참여했던 현장 직원들은 알바샤에 있는 빌라 주택을 몇 채 빌려서 생활하였다. 이들 빌라 주택의 최소 규모 자체가 한국의 일반 단독주택단지의 단위 규모보다 훨씬 큰 편이다. 대지 면적이 200평 정도 되고 보통 지하층이 없이 2층 규모로 아래층에 각각 화장실이 딸린 방 3~4개 정도와 주방과 거실이 있고, 2층에는 방이 4개, 패밀리룸 등으로 구성되어 있어서 빌라 한 채에 7~8명의 직원들이 함께 생활하였다. 뒤뜰에는 작은 별채가 있어 메이드들이 거주하고, 앞마당도 매우 넓은 편이었다. 이런 빌라는 그 당시 보통 1년 단위 연세로 지불하였는데 1년에 연세가 1억 정도 하였으니 월세로 치면 800만 원이 넘는 돈이니까 결코 싸지는 않은 편이었다.

두바이 알바샤 빌라 주택

## # 전 세계 자동차들의 전시장

두바이에 먼저 와 있던 한 직원이 두바이 도심을 가로지르는 '쉐이크 자이드' 도로로는 절대로 다니지 말라는 조언을 해 주었다. 두바이는 일반 도로조차 슈퍼카 전시장을 방불케 할 정도로 럭셔리카 끝판왕 도시로 유명하다.

슈퍼카 운전자를 포함한 로컬 사람들이 워낙 차를 세게 달리고, 칼치기 등의 차선을 무시하며 달리는 일들이 많아서 위험하고, 사고도 자주 난다고 하였다. 그래서 처음에는 메인 도로인 '쉐이크자이드' 도로는 피해서 뒷길로 다녔다.

U.A.E는 차량 가격도 다른 나라에 비해 훨씬 싸고, 중고차량도 흔하다 보니 두바이 현장이 개설되면서 직원들의 차량을 구입하는 것도 다른 나라에 비해 훨씬 쉬웠다. 현장 초기에 차량이 필요한 직원들이 직접 중고차 시장에서 1대씩 골라서 샀다. 중고차라지만 모두가 쓸 만한 차였다. 나는 출고한 지 1년밖에 안 지난 2006년식 혼다 어코드를 중고차로 사서 2011년 2월 현장을 마치고 귀국할 때까지 고장 한 번 없이 잘 사용하였다.

이처럼 두바이는 그야말로 자동차 천국이라고 해도 과언이 아닐 정도였다. 두바이의 저택들 앞에서 람보르기니, 페라리, 벤틀리 같은 차량은 아주 흔하게 볼 수 있고, 자동차 전시장에도 전 세계 온갖 유명한 차량들이 즐비하게 전시되어 있었다. 그 당시 한국에서 생산되던 3.3 그랜저 TG는 '아제라'라는 이름으로 두바이에서 판매되었는데 한국에서 사는 가격보다 훨씬 저렴해서 가족이 함께 나온 직원들은 이런 국산차 이외에도 아우디나 BMW 같은 외제차를 구입해서 사용하다가 귀국 때 한국으로 가져간 경우도 많았다.

## # 사막 사파리

두바이는 애초부터 사막의 불모지 위에 세워진 도시라서 웬만한 도심을 벗어나면 곧바로 사막에 이르렀다. 두바이에서 U.A.E의 남부라 할 수 있는 '라살카이마'나 '후자이라'를 가려면 사막을 가로지르는 도로를 이용해야 하는데 도로 좌우가 사막 그 자체이다. 두바이는 위치적으로 유럽으로 가기 전 들를 수 있는 허브적 위치의 이점을 갖고 있다. 유럽으로 가는 한국 여행객들이 잠깐 들러 두바이 시내를 투어할 때 사막 사파리 일정까지 포함하는 경우가 있을 정도로 사막 사파리는 관광상품으로 개발되었다. 두바이에 생활하면서 아내가 찾아왔을 때, 그리고 현장 직원들끼리 등 몇 차례 사막 사파리 투어를 다녀왔다.

이 사막 사파리 투어는 두바이 시내의 약속된 장소에서 '랜드 크루저' 4륜구동 차량을 타고 도심을 빠져나가 사막에 다다르면 바퀴에 바람을 반쯤 빼낸 뒤 사막 사파리 투어를 시작한다. 손님을 태운 '랜드 크루저'는 여러 대가 무리를 지어 사막의 고운 모래 위를 넘어질 듯 경사면을 오르락내리락하면서 롤러코스터처럼 난폭한 운전기술로 정신을 쏙 빼놓는다. 사막을 거침없이 달리는 지프 차량에서 이리저리 엉덩이를 부딪히다 보면 어느새 사막의 매력에 푹 빠져들면서 사막의 한가운데 위치한 사막 체험장에 다다른다. 낙타 타는 곳, 헤나, 시샤 파이프, 뷔페, 벨리댄스, 매와 함께 사진 찍기, 별빛 감상, 전통의상 입어 보기 등 다양한 체험거리와 볼거리들을 중동음식 뷔페와 함께 즐길 수 있다.

두바이 사막 사파리

## # 아라비아 해변

두바이에서 생활하면서 현장에서 가까운 '주메이라 비치'에 자주 갔었다. 주메이라 비치는 버즈 알 아랍 호텔을 볼 수 있는, 두바이에서 가장 유명한 해변으로, 주메이라 비치 호텔이 바로 옆에 있다. 버즈 알 아랍 호텔을 배경으로 가장 많이 사진을 찍는 곳이며 태평양의 산호섬처럼 에메랄드 빛 깨끗한 바다에는 수영과 일광욕을 즐기는 사람들의 한가로움이 묻어난다. 두바이는 북쪽의 JBR 비치부터 남쪽의 사자의 알맘자 비치파크에 이르기까지, 우리의 동해안처럼 아라비아해를 끼고 많은 비치들과 호텔들이 들어서 있다.

2007년 두바이 주메이라 비치

## # 아라비아해 요트 낚시

휴일에 현장 직원들끼리 18인승 요트를 반나절 렌트해서 아라비아해로 낚시를 다녀온 적이 있다. 미국에서 살다 온 한 직원이 바다낚시 이야기를 꺼내면서 아라비아해로 나가면 엄청난 크기의 Yellow tuna를 잡을 수 있다고 부추겨서 커다란 아이스박스와 회를 쳐서 현장에서 먹을 음식과 도구까지 준비해서 아라비아해 낚시를 나갔다.

요트가 정박해 있는 JBR 비치로 가서 출항을 하였는데 요트는 4시간 빌리는 데 6천 디람(180만 원)이고, 필리핀 남매가 운전을 해 주었다. 한 시간 가량 나가서 느낌상으로는 두바이와 이란의 중간쯤 되는 곳에서 아라비아해 요트 낚시를 하였는데 요트에 나타나는 그곳의 수심은 20m 내외를 가리켰다.

아라비아해 요트 낚시

낚싯밥으로는 생오징어 다리를 잘라서 사용하며, 낚싯밥을 넣으면 얼마 안 되어서 우리나라의 황돔 같은 것이 잡혀 올라온다. 바다 한가운데에서 오랫동안 너울거리기 때문에 멀미가 나서 엄청나게 많이 잡은 돔들을 회로 제대로 즐기지 못해 많이 아쉬웠다.

두바이 해변에 면하고 있는 아라비아해는 북서쪽의 끝인 티그리스강과 유프라테스강의 어귀에서 출구인 남동쪽의 호르무즈 해협과 오만만까지 990㎞에 걸쳐 뻗어 있으며, 너비는 55~340㎞에 이른다. 이 아라비아해에 면해 있는 나라들은 사우디아라비아, 바레인, 카타르, 이란, 쿠웨이트, 이라크, 아랍 에미리트, 오만 등이다.

아라비아해는 수심이 매우 얕아 90m 이상 되는 곳이 드물지만, 출구 근처와 남동쪽 일부 지역에서는 수심이 110m를 넘는 곳도 있다. 가장 깊은 곳은 이란 연안이고, 아라비아 해안에는 평균 수심이 37m도 안 되는 얕은 지역이 넓게 펼쳐져 있다.

# # 골프

2010년 두바이 몽고메리 G.C

두바이의 여름 기후는 50℃에 이르는 고온에 습도까지 높아서 몇 걸음 걷자마자 옷이 젖어 온다. 현장에는 아예 갈아입을 속옷을 몇 벌이고 갖다 놓고 갈아입었다. 이런 혹서기에는 두바이의 골프클럽 대부분이 혹서기 디스카운트를 할 정도이지만 이때 더더욱 꿋꿋하게 골프클럽을 지키는 마니아들은 한국인들과 일본인들이다. 그린에 서 있으면 눈썹을 타고 내려오는 땀방울 때문에 퍼팅을 제대로 하지 못할 지경이다. 카트에는 얼음을 넣고 가동하는 냉방장치가 달려 있다. 18홀을 라운딩하고 나면 몇 리터의 수분이 빠져나가서 말 그대로 투석을 했다고 농담을 할 정도이다. 반대로 겨울철이 돌아오면 한국과 달리 아주 선선하고 쾌적한 기온이 되면서 라운딩하기 좋은 계절이 된다.

또한 이색 골프장으로 사막골프장이란 것도 있다. 그린은 기름을 먹인 모래로 되어 있어서 일반적인 골프 신발은 사용 금지이고 운동화를 신어야 하고, 퍼팅이 끝나면 마지막 사람이 그린을 빗자루로 살짝 쓸고 내려와야 한다. 페어웨이는 모두가 사막 모래라서 잔디 패드를 들고 다니면서 사막에 떨어진 공을 그린 패드 위에 올려놓고 친다. 티잉

그라운드도 모래로 되어 있다. 처음 한 번은 체험 삼아 쳐 봤지만 재미가 없어서 다시는 찾지 않았다.

### # 스포츠 흥행 도시

두바이는 막대한 자본을 바탕으로 세계 유명 스포츠 대회를 자주 주최하다 보니 두바이에서 생활하면서 세계 유명 스포츠 대회를 관람할 기회를 자주 갖게 되었다.

2008년 12월에는 유럽여자프로골프투어(LET) '두바이 레이디스 마스터스'에서 골프 여제 '애니카 소렌스탐'이 은퇴를 선언한 라운딩에 갤러리로 참관하는 기회도 가졌다. 이날 애니카 소렌스탐은 이날 공동 7위로 최종 라운딩을 마쳤다. 미국 여자프로골프 LPGA 투어 72승을 포함해 통산 89승을 거둔 슈퍼스타의 은퇴를 직접 지켜볼 수 있었다.

두바이 레이디스 마스터스
애니카 소렌스탐 은퇴전

2008년 2월 두바이 '에미리트 G.C'에서 벌어진 두바이 데저트 클래식 대회에서도 타이거 우즈, 몽고메리 등 세계 유명 프로 골퍼들이 플레이하는 모습들을 직접 눈으로 볼 수 있었다.

## # 양고기 문화

현장 직원 및 가족 회식 양고기 구이

U.A.E 두바이에서 4년, 사우디아라비아 리야드에서 3.5년, 인도에서 6년, 방글라데시 다카에서 2년을 근무하면서 돼지고기를 먹지 않는 이슬람 문화와 소고기를 먹지 않는 인도에서 자연스럽게 피해 갈 수 있는 식재료인 닭고기와 양고기를 상대적으로 많이 접하곤 하였다. 특히 양고기는 중동을 경험한 수많은 건설인들에게는 향수가 되는 음식 중의 하나이다.

우리가 삼겹살을 좋아하듯이 아랍 사람들에게는 양고기가 가장 대중적인 음식이다. 현장 직원들이 회식을 하게 되면 빌라 앞뜰에다 그릴 통을 걸어 놓고, 양고기, 소고기, 타이거 프론, 소시지 등을 준비해서 구워 먹었다. 한두 번 회식을 하면서 어느새부터는 소고기의 양은 줄어들고 양고기가 대부분을 차지하게 될 정도로 양고기의 맛이 쇠고기를 앞선다.

양고기는 불리는 이름도 다양한데 1년 미만인 어린 양고기는 램(lamb), 생후 12~20개월 된 고기는 이얼링 머튼(yearling mutton)이라고 한다.

2022년 1월 버즈 알 아랍 호텔 레스토랑 램찹 요리

양고기 중에서 가장 최고로 치는 부위는 갈빗살이다. 갈비 한 대나 두 대를 포함해 자른 살로 바삭하게 구운 양갈비 구이는 탱탱한 속살과 어우러져 풍미가 가득하다.

양고기는 양 특유의 냄새를 어떻게 제거했느냐에 따라 맛이 좌우되며, 양고기에 한번 빠져들면 돼지고기나 소고기는 찾지도 않는다는 마니아가 많을 정도다. 어린 양인 '램'의 경우 냄새가 현저히 적은 데다 이슬람권의 육류 가공 방식 덕분에 아랍 지역의 양고기에서는 거의 냄새가 나지 않는다.

양고기는 기운을 돋우고 피로 회복에 좋은 음식으로 알려져 있기 때문에 중동에서 땀을 많이 흘리면서 지내는 우리들에게는 보양식으로 여겨졌다.

빌라에서 벌이는 양고기 파티 외에도 양탕을 전문으로 했던 두바이 한인 식당 '만나'와 두바이 몰의 양고기 요리 식당 '알 할랍', 아부다비의 양고기 전문 '아브 샤크라' 등도 종종 일부러 찾아가서 양고기를 즐겼다.

## # 라마단

라마단은 말레이시아에 근무하면서부터 이미 경험한 종교 문화이다. 아랍 국가 중 분위기가 자유로운 편인 두바이도 라마단 기간은 철저히 지킨다.

라마단(Ramadan)이란 아랍어로 '더운 달'을 뜻한다. 천사 가브리엘이 모하메드에게 코란을 가르친 신성한 달로 여겨, 이슬람교도는 이 기간 일출에서 일몰까지 의무적으로 금식한다. 다만, 여행자 · 병자 · 임신부 등은 면제되는 대신, 후에 별도로 수일간 금식해야 한다. 신자에게 부여된 5가지 의무 가운데 하나이며, '라마단'이라는 용어 자체가 금식을 뜻하는 경우도 있다. 이 기간에는 해가 떠 있는 동안 음식뿐만 아니라 담배, 물, 성관계도 금지된다.

라마단이 끝난 다음 날부터는 축제가 3일간 열려 맛있는 음식을 주고받는다. 라마단 기간 중에는 호텔을 포함한 모든 식당이 일몰 이전까지는 문을 닫으며, 외국인도 낮에는 공공장소에서 흡연, 식음 등을 금한다. 단, 호텔 내 룸서비스는 가능하다. 두바이도 이때는 쇼핑몰 내의 레스토랑을 제외하고는 대부분의 레스토랑이 일몰 후에 문을 열며, 아예 일몰까지 문을 닫는 상점들도 많다.

건설 현장은 초기 공사 계획을 세울 때 아예 라마단 기간의 작업 생산성이 떨어지는 걸 감안해서 공사 기간을 반영한다. 작업 효율성을 높이기 위해서 낮에 금식을 해야 하는 근로자들을 위해 근무 시간을 조정해서 야간 위주로 작업시간을 배치한다.

두바이 알바샤 이슬람 사원

## # 이슬람 복장

'히잡'은 얼굴을 내놓고 머리에서 가슴 부위까지 늘어뜨리는 형태로 흰색이나 검정색이 주종을 이루었으나 갈수록 색과 무늬가 화려해지고 있다.

'차도르'는 넓은 검은 천을 머리부터 발끝까지 둘러쓰는 망토 형태로 주로 이란에서 착용한다. 안에서 손으로 여미는 부위에 따라 얼굴을 내놓을 수도 있다.

두바이 통치자인 셰이크 모하메드 빈 라시드 알 막툼과 그 일행들

'아바야'는 목 아래 전신을 가리는 검은 천으로 된 얇은 덧옷으로 사우디아라비아에서는 니캅과 아바야를 함께 착용해서 눈을 제외한 전신을 가리는 게 일반적이다. 차도르와 아바야의 차이를 말하자면, 차도르는 머리부터 감싸서 얼굴, 손발을 제외한 온몸을 가리는 넉넉한 천으로 조선시대의 장옷과 비슷한 역할을 한다. 아바야는 목 아래를 가리는 얇은 덧옷으로 속의 복장은 자유롭게 입을 수 있다.

'니캅'은 눈을 제외한 신체 전부를 가린 의상이다. 니캅으로 전신을 가리려면 다른 의상들이 필요하다. 눈 아랫부분은 니캅으로 가리고 히잡으로 머리카락과 목 등을 덮는다. 목 아래로는 아바야(Abaya) 등을 함께 입어 몸 전체를 가린다.

'부르카'는 눈 부분을 망사로 처리하고 머리부터 발끝까지 덮어쓰도록 한 가장 보수적인 복장으로 아프간과 아랍 일부 지역에서 쓴다.

## # 대형 쇼핑몰

2022년 1월 두바이 몰

두바이에 처음 도착해서 놀라는 일 중에 하나가 엄청난 규모의 쇼핑몰이다. 우리의 백화점과는 전혀 다른 스케일의 쇼핑몰이 곳곳에 산재해 있다.

에미리트 쇼핑몰, 이븐 바투타 쇼핑몰, 두바이 페스티발 시티 몰, 두바이 마리나 몰, 숙 메디나 주메이라 몰, 그리고 전 세계에서 가장 큰 규모의 '두바이 몰'까지 대형 쇼핑몰들이 곳곳에 분포해 있다.

특히 '두바이 몰'은 '부르즈 칼리파 타워'와 분수 광장을 사이에 두고 함께 어우러진 공간을 형성하고 있어서 항상 관광객들로 넘쳐나고 있다.

이런 대형 쇼핑몰에 가면 두바이의 이슬람 여성들이 명품 핸드백을 둘러메고, 헤나 문신을 한 손에 명품 시계를 차고 삼삼오오 몰려다니는 모습들을 볼 수 있다.

## # 두바이 실내 스키

열사의 나라 두바이의 실내 스키 슬로프는 두바이를 새로운 관광 허브를 만들려는 의지가 담긴 시설 중의 하나이다. 현장에서의 야간 근무를 마치고 때늦은 시간에 두바이 스키장에 가서 스키를 몇 번 탔었다. 휴일에는 리프트를 기다리는 사람들이 많아 오래 줄을 서야 하지만 평일 늦은 시간에는 비교적 한산해서 늦은 시간에 두바이 실내 스키장을 찾았다. 직원 중에 미국에서 대학을 다니면서 스키를 제대로 배운 후배 직원이 스키를 가르쳐 주겠다고 해서 몇 번 같이 가서 탔는데 늦은 시간에 리프트를 타고 가는 모습이 어느 날 갑자기 초라하다는 괜한 생각을 한 뒤부터 곧바로 그만두었다.

2007년 5월 두바이 실내 스키장

## # 알 아인 온천

두바이에서 승용차로 2시간 정도 가면 황량한 사막 한가운데 오아시스와 오랜 세월 명맥을 이어 온 아랍의 전통 도시인 '알 아인'에 다다른다.

알 아인은 아부다비 토후국에 위치한 도시로 예전부터 물이 나는 오아시스와 온천으로 인한 자연림이 있고, 도시 경관이 두바이와 달리 조용하고 시골스럽다.

두바이에서 생활하는 동안 이곳에 온천이 있다고 해서 휴일에 승용차로 딱 한 번 다녀온 적이 있다. 막상 가 보니 예상했던 온천 휴양지의 모습과는 전혀 다르게, 남녀가 구분된 두 개의 작은 건물이 있고, 그 내부에 일반 수영장보다 작은 규모의 아주 단순한 온천탕이 있었다.

건물 바깥에는 별도의 온천물을 흐르게 해서 족욕을 할 수 있도록 하였다. 우리나라 같으면 온천상품으로 리조트 시설들이 들어섰을 텐데 이곳은 건물 두 동의 온천탕이 전부였다. 그래도 두바이에서 거리만 가까웠다면 피로 회복용으로 자주 이용했을 듯싶었지만 단 한 번의 체험으로 끝나고 말았다.

2010년 2월 알 아인 온천

이곳 알 아인에서는 이 온천 말고도 알 아인 국립박물관, 셰이크 자이드 궁전 박물관, 낙타 달리기 경주장, 가축 시장 등 몇몇 볼거리를 둘러볼 수도 있다.

2010년 2월 알 아인 온천 실내

## # 호르무즈 크루즈

U.A.E에서 비자 만료가 임박하면 남쪽 끝에 U.A.E와 국경을 면하고 있는 오만을 다녀오는 경우가 종종 있다. 휴일에는 오만으로 휴양차 떠나는 차량들로 국경에서 지체하는 시간이 엄청나게 길다. 현장 직원들과 의기투합해서 단체로 오만 국경을 넘어 오만의 '카삽'이란 곳까지

가서 호르무즈 해협에서 크루즈 여행을 한 적이 있다. 우리나라 원유 수입 화물선이 통과하는 이 해협을 작은 선박으로 왕복을 해 보았다. 중간에 어느 섬에 들러 스킨 스쿠버 물놀이도 하면서 오만에서의 시간을 보냈다.

2008년 6월 호르무즈 크루즈

## # 두바이 BD 12&13 트윈 타워 POE

POE는 기시공된 건물에 대해 입주 고객의 만족도와 구체적 사용 행태를 조사하는 것이다. 건물을 사용하는 사람들이 느꼈던 부정적 요소를 긍정적으로 바꾸기 위한 최적의 해결방안을 모색하고, 입주자들이 내놓은 구체적이고 실질적인 평가 결과를 바탕으로 고객이 선호하는

2022년 1월 BD 12&13 트윈 타워 메인로비

개선을 이루기 위한 조사이다.

회사 차원의 POE가 아닌 개인 차원으로, 건설에 참여해서 현재 사용중인 건물과 그 주변의 변화된 모습들을 둘러보는 목적으로 다시 찾아보는 것은 아마도 자기만족과 그동안의 추억을 정리해 보는 시간이 될 것이다.

해외 현장 시공에 참여해서 완공된 지 시간이 꽤 흐른 건물과 그 주변을 여행하기로 하고 삼성물산에서의 정년과 만 60세 회갑을 기념하기 위해 2022년 1월, 4박 5일간의 일정으로 두바이를 다시 찾았다. 40대 후반, 만 4년 동안을 보냈던 중동의 두바이를 회갑이 되어 다시 찾는 감회가 남달랐다.

두바이를 다시 찾는 것은 세 번째 POE인데 1997년에 완공한 말레이

BD 12&13 트윈 타워 외장

시아 쿠알라룸푸르의 루사카 빌딩은 20년 만인 2017년 8월에 다시 찾아 둘러보았고, 2006년에 완공한 대만 타이페이 101 타워는 10여 년 만인 2018년 11월에 다시 찾아가서 건물 운영 관리자도 만나고, 건물 내 · 외부를 둘러보았다.

이번에도 두바이 BD 12&13 트윈 타워의 내부와 외부를 둘러보고, 건물을 관리하는 사무실에 들러서 건물 사용 현황에 대해서 대화를 나눠 보았고 실내외 공간을 두루두루 살펴보았다. 완공된 지 11년이 지났고, 메트로역과 두바이 몰까지 연결하는 고가 통로와 연계되어 코로나 사태에도 불구하고 부르즈 칼리파 타워와 함께 대규모 상권과 관광권이 활성화가 되어 성황을 이루고 있는 모습을 보니 감회가 새로웠다.

2022년 1월 두바이 엑스포 전시장

2022년 1월 두바이를 찾았을 때는 때마침 두바이 엑스포(EXPO)가 3월까지 열리고 있어서 세기의 엑스포까지 함께 관람할 수 있었다. 두바이 엑스포의 입장권을 예매하다 보니 만 60세 이상은 무료였다. 태어나서 처음으로 받은 경로 우대 무료 티켓의 혜택임에도 갑작스레 다가온 나이의 무게감에 마냥 기쁘지는 않은 게 솔직한 심정이었다.

## # A380 비즈니스 클래스

U.A.E 두바이 현장에 근무하면서 부장급 이상의 경우 10시간 이상 비행을 할 때에는 비즈니스석 이용의 혜택이 있어서 정기 휴가 때, 인

천에서 두바이까지 A380 비즈니스석을 이용했다. 그 당시 막 도입되었던 A380 기종은 2층 전체가 비즈니스석으로 되어 있고, 각 좌석 옆에 미니 홈바가 설치되어 있고, 취침 시에는 별도의 약간 두께가 있는 매트리스를 깔아 주는 등의 서비스를 누릴 수 있다.

세상에서 가장 차별화가 심한 게 비행기의 탑승 시 좌석의 분류가 아닌가 생각된다.

A380 두바이 노선 비즈니스 클래스 좌석

6

# 인도

2004년 3월, 2011년~2012년,
2013년, 2015년~2020년

# 인도와의 인연 # 인도 사람들 # 인도 나무들 # 뭄바이 슬럼가 # 인도 영화
# 인도의 도시락 배달 서비스 # 인도의 채식주의자 # 뭄바이 재래시장 # 인도의 결혼식
# 축제의 나라 # 홀리 축제(Holi Festival) # 디왈리 축제 # 가네샤 축제와 코끼리 신상
# 도비 가트 # 카스트 제도 # 오토 릭샤(Auto Ricksaw) # 푸자 # 바라나시 갠지스강
# 인도의 종교 # 암리차르 황금사원 # 불교와 자이나교 # 인도의 화장실 # 뭄바이 해변
# 타지마할 # 인도 카레라이스 # 알폰소 망고 # 잭푸르트 # 인도 사람들의 '마살라 짜이' 사랑
# 공포의 댕기열 # 물 부족 국가 인도에서의 '빠니(물)'와 식중독

## # 인도와의 인연

2004년 3월 인도 남부 카시미르 화이트 석재 검수

인도는 23년 동안의 해외 현장 근무 중에서 가장 오랜 시간을 보낸 나라이다. 6년 동안 뭄바이 2개 현장에서 근무를 하였고, 출장, 여행, 근무 중 정기 휴가나 연차 휴가 등으로 가장 많이 출입국을 했던 나라이다.

인도 첫 방문은 2004년 3월 대만 타이페이 101 타워 현장에 근무하면서 발주처 사람과 카시미르 화이트 석재 검수를 위해 1주일 동안 델리, 첸나이, 마두라이 출장을 다녀왔던 때였다.

2011년 3월부터 2012년 9월까지는 인도 뭄바이 월리에 있는 66층의, 아파트와 호텔 용도의 '월리(Worli) 트윈 타워' 현장에서 근무하였다.

2012년 1월 인도에 근무하고 있는 동안 고교 동창 부부 11명과 델리, 바라나시, 아그라, 자이푸르 등 인도 북부 지방을 1주일 여정으로 패키지여행을 함께하였다.

2012년 1월 고교 동창 부부 모임 인도 북부 여행

2013년 사우디아라비아 리야드 현장소장으로 근무할 때에도 인도 직영 근로자들을 직접 채용하기 위해 2차례에 걸쳐 인도 여러 도시들을 다녔다.

2015년 12월부터 2020년 2월까지 인도에서의 두 번째 현장인 뭄바이 '다이섹 콤플렉스(DAICEC Complex)' 현장소장으로 근무하였다.

## # 인도 사람들

여러 외국인들 중에서 가장 많이 만난 사람들도 인도 사람들이다. 현장소장으로 근무했던 인도 뭄바이 '다이섹 콤플렉스' 현장은 최대 일일 출력 인원이 1만여 명에 이르는 대형 현장이었다.

동남아시아나 중동에 근무하면서 함께했던 근로자들도 대부분이 인도인들이었다. 특히 U.A.E는 두바이, 아부다비, 사자 등의 도시와 뭄바이, 델리 등을 연결하는 도시 간 셔틀 비행기가 다니면서 인도 근로자들을 실어 날랐다. U.A.E나 사우디아라비아에 나와 있는 근로자 수는 각각 백만 명 이상이다. 첫 현장인 말레이시아에서도 인도계 말레이시아 사람들과 함께 근무하였다.

2017년 10월 인도 뭄바이 다이섹 콤플렉스 현장 안전의 날 행사

## # 인도 나무들

2016년 5월 인도보리수

인도에서는 나무를 함부로 베어 낼 수 없고, 공사를 위해 필요시에는 반드시 관청에 허가를 받아야 한다. 펜스 밖의 보도에 심겨 있는 나무들은 뭄바이 시정부에 등록이 되어 있어서 절대로 그냥 벌목할 수 없다. 현장 내에 아무렇게나 자라는, 덩치가 큰 잡목들은 현장에서 자체적으로 벌목을 했지만 다들 쉬쉬하는 분위기였다.

인도 현장에서 공사용 펜스를 쳐 놓고 가장 많이 베어 낸 나무가 '인도보리수'이다. 이 나무는 아카시아 나무처럼 번식력이 좋고, 콘크리트 처마의 먼지 틈에서도 뿌리를 내릴 정도로 잘 자라서 구석구석에 작은 나무들이 싹을 틔우고 자란다.

내가 접했던 대부분의 인도 사람들이 힌두교를 믿거나 무슬림이라서 인도보리수에 관심을 갖는 사람들은 거의 없었다. 처음에 인도에 가서 궁금했던 '인도보리수'를 발견하고 반갑고 신기했다. 누군가가 진짜 보리수는 '벵갈보리수'라는 말에 잠시 헷갈리기도 했지만, 그 뒤로 여러 불교 관련 책이나 식물도감을 찾아보았고, 무엇보다도 석가가 깨달음을 얻은 장소로 유명한, 인도의 부다가야에 있는 보리수나무를 보면 불교에서 말하는 보리수나무는 '벵갈보리수'가 아닌 '인도보리수'가 맞다.

'벵갈보리수'는 잎이 달걀형이고 잎 끝이 밋밋하지만, '인도보리수'는 잎 모양이 포플러 잎을 닮았고, 잎 끝에 긴 꼬리가 발달되어 있다. 그리고 '벵갈보리수'는 기근이 발달하여 수많은 줄기가 생겨나지만, '인도보리수'는 줄기에 기근이 생기지 않는다.

인도에 살면서 '인도보리수' 나무가 워낙 흔하게 자라는 나무라는 걸 알게 된 후부터는 이처럼 흔했기에 부처님이 깨달음을 얻을 때도 그늘을 제공했구나, 하는 생각으로 바뀌게 되었다.

## # 뭄바이 슬럼가

2004년 3월 인도 출장을 가면서 델리의 구시가지에서 40~50년 전의 우리나라와 같은 모습을 이미 경험했던 터라 2012년 9월 인도 뭄바이 현장에 부임했을 때 뭄바이 슬럼가의 모습들이 아주 생소하지는 않았다. 인도를 처음 여행하는 사람들은 처음으로 접하는 그 혼란함과 불결함에 넋을 잃게 된다. 오죽하면 오랫동안 미국 생활을 하였다가 인도에서 함께 근무하게 된 후배 직원은 처음 이곳에 와서 온 도시를 차라리 쓰레기장이라고 표현하고 싶었다고 했다.

뭄바이 월리 현장 주변에는 슬럼가가 혼재해 있어서 일상처럼 슬럼

2015년 12월 인도 뭄바이 슬럼가

가의 모습들을 볼 수 있었고 현지 직원과 함께 '다라비'에 있는 슬럼가도 몇 차례 가 보았다.

우연히도 인도 현장에 근무하면서 읽었던 최명희 선생의 10권짜리 대하소설 '혼불' 속에 등장하는 1930년대 전라남도 남원의 노예나 천민들이 살던 거멍굴 삶의 모습들과 이곳 인도의 슬럼가의 삶의 모습들이 뒤엉켜서, 마치 무엇이 소설 속의 모습이고, 무엇이 실제 인도 슬럼가의 모습인지 착각이 들 정도로 혼란스러웠다.

인도의 뭄바이는 아마도 전 세계에서 가장 빈부의 격차를 적나라하게 보여 주는 도시가 아닌가 싶다. 브라질의 리우데자네이루를 여행하면서도 비슷한 느낌을 받았지만 정도로 치자면 뭄바이의 격차가 훨씬 더 커 보인다. 물론 인도가 IT 강국으로서 신흥 경제국 등으로 뉴스에 등장하긴 하지만 인도에서 6년 동안 살아 본 느낌으로는 인도의 빈부

격차는 세월이 흘러도 더욱 심해질 것 같다.

도심의 특급호텔들, 최근 지어진 고급 아파트들 사이에 산재해 있는 슬럼가와 혼잡한 도로를 경적을 울리며 뒤엉켜 달리는 오토 릭샤들과 낡은 버스들, 그리고 차량, 오토바이, 릭샤들 사이의 수많은 인파들. 아침저녁으로 온갖 쓰레기 태우는 연기와 매연이 더해져 퀴퀴한 공기와 후덥지근한 날씨. 도심 속을 흐르는 작은 강이나 천은 생활하수와 축산하수가 섞여 악취가 진동을 한다.

시간의 흐름 속에 문명이 진화하고, 도시의 모습들이 발전하고, 변화하기를 기대해 보지만 내가 인도에서 보낸 6년 동안의 시간 중에는 거의 변화를 느끼지 못했다.

수천 년 동안 뿌리를 이어 온 카스트 문화 속에 기득권을 가진 사람들의 이기주의와 그 반대의 사람들의 숙명처럼 받아들이는 계급사회 모습은 앞으로도 크게 달라지지 않을 듯싶다.

## # 인도 영화

인도는 영화 산업이 발달한 나라답게 '발리우드'라는 말이 전 세계적으로 통용될 정도이다. 뭄바이는 전에는 봄베이로 불렸기 때문에 봄베이와 할리우드를 합친 말로 보통 인도 영화를 '발리우드'라 부른다. 인도 영화의 특징은 상영시간이 길고, 춤과 노래가 들어간 뮤지컬 형태

인도 영화 속의 춤추는 장면

의 영화가 많다는 것이다. 특히 여러 명이 함께 춤을 추는 부분이 많고, 스토리 자체는 대부분이 해피엔딩이다.

인도에 다녀오지 않은 사람들 중에서 인도 영화 '슬럼독 밀리어네어'를 본 사람들이 많을 것이다. 아카데미상 8개 부분 수상과 2009년 골든글러브 최다 수상을 한 영화이다. 촬영지였던 인도 현지에서는 동네 주민들과 아이들이 영화를 출연했던 아이들을 보기 위해 먼 나라에서 중계되던 시상식을 TV로 보는 장면이 외신을 통해 알려지기도 하였다. 자존심이 센 인도인들은 인도 빈민가를 다루고 인도의 낙후된 이미지를 부각시킨 이 영화를 불쾌하게 받아들이기도 한다. 또한 일부 인도인들은 이런 영화로 아카데미상을 준 주체 측에 비난을 쏟는다는 이야기도 들었다.

기내 영화로 '세 얼간이'라는 인도 영화도 보았다. 또한 인도 고유의 도시락 배달 서비스를 소재로 무심해진 남편을 위해 주부 '일라'가 도시락을 보내는데 잘못된 배송으로 외로운 남자 '사잔'이 '일라'의 도시락을 받게 되고, 그후 '일라'와 '사잔'이 편지를 주고받으며 사랑의 감정을 느끼게 되는 잔잔한 내용의 '런치 박스'도 재미있게 본 인도 영화이다.

인도에 살면서 인도의 극장에 몇 번 간 적이 있다. 인도는 인도 영화를 시작하기 전에 인도 국가를 틀어 주고, 대부분의 영화가 길다 보니 중간에 휴식 시간을 주는 경우가 많다.

## # 인도의 도시락 배달 서비스

'런치 박스'라는 영화가 나올 정도로 인도는 도시락 배달 서비스가 잘되어 있는 나라이다. 대한민국이 배달의 민족이라면 인도는 도시락 배달이 발달되어 있다.

인도에는 이를 '다바왈라(Dabbawalla, 힌디어로 '즐거움')'라고 한다. '다바왈라'는 주로 뭄바이를 중심으로 제공되는 서비스로, 정해진 지역의 등록자를 대상으로 정해진 시간에 집 앞에 둔 도시락을 수거해 직장에 배달하고 식사를 마친 이후에는 도시락을 회수해 원래 가정에 반환하는 상당히 체계적인 서비스이다.

19세기 말 영국 식민 시대에 영국 회사에서 일하는 인도인들이 직장에서 제공되는 식사에 익숙하지 않아 자신의 집에서 만든 음식을 도시락으로 가져가기 위해 사람을 고용했던 방식에서 유래가 되었다. 현재

이 배달 시스템은 스마트 기술 없이 100% 인력만으로 운영되고 있는데 영화 '런치 박스'에서와 같은 배달 실수 확률은 거의 없을 정도도 정교하고 신속한 체계에 따라 이루어진다. 인도 사람들은 배달 실수 확률이 거의 전무하다고 확신한다.

배달을 앞두고 있는 런치 박스

## # 인도의 채식주의자

인도에서 운항하는 비행기에서 승무원들이 기내식을 나누어 주면서 늘 물어보는 질문이 있다. "Veg? or Non Veg?" 즉 채식주의인지, 아니면 상관없이 먹는지를 물어보는 질문이다.

인도에서 판매되는 모든 포장 식품에는 채식주의자용과 비채식주의자용을 구별하기 위한 필수 기호가 있다. 이 기호는 2006년 식품 안전 및 표준법에 따라 발효되어 2011년부터 판매되는 모든 포장 음식에 의무적으로 표기하도록 법으로 규정되었다. 채식주의자용은 녹색, 비채식주의자용은 갈색 동그라미 기호로 표기한다. 현장에서 인도 로컬 스태프와 회식을 하게 되면 채식주의자와 비채식주의자를 구분해서 음식을 주문해야 한다.

인도 포장식품인 참치캔의 Non Veg 표시

인도 국민의 약 30%에 해당되는 약 4억 명 정도가 채식주의자로 조사되었다.

### # 뭄바이 재래시장

인도의 재래시장은 카오스 같은 혼돈의 모습 그 자체이다. 시장을 가득 매운 인파에 떠밀려 물건들을 팔고 있는 모습을 보노라면 정신이 하나도 없을 정도이다. 인산인해라는 말이 절로 실감이 간다.

인도 뭄바이 재래시장

우리나라의 1960년대나 1970년대의 시장 모습과 유사하다. 시장 골목 양쪽의 가게에서도 물건을 팔지만 길 한복판의 가판대에도 물건을 가득 얹어 놓고 물건을 팔기 때문에 물건을 사려고 이동하는 인파와 물건을 고르는 인파가 서로 섞여서 발 디딜 틈이 없을 정도이다.

인도 뭄바이 해산물 시장

파는 물건도 다양하다. 야채, 의류, 잡화는 물론이고 한쪽에서는 현장에서 도살해서 파는 닭고기, 양고기 등 육류 가게도 있다.

또한 인도 뭄바이 월리 현장이 해변가라서 그런지 현장 근처의 골목에서 해산물을 파는 장이 장기적으로 서는 모습을 볼 수 있었다. 어려서 어머니를 따라가 보았던 시골 장 모습과 매우 닮아 있다.

## # 인도의 결혼식

인도 뭄바이에서의 두 번째 현장은 '무게시 암바니' 회장의 개인 프로젝트에 가깝다. 삼성물산은 2014년 3월, 아시아 제1의 부호 '무게시 암바니' 회장이 발주한 6억 8천만 불 규모의, 인도 뭄바이 소재 '다이섹 콤플렉스' 프로젝트를 계약하였고, 몇 차례의 용도 변경에 따른 계약 변경으로 8억 불이 넘게 되었다.

2019년 3월 아카시 암바니 결혼식

나는 2015년 12월부터 이 프로젝트에 현장소장으로 합류하였고, 덕분에 인도의 최고 부호들의 결혼식의 준비와 결혼식 과정을 아주 가까운 곳에서 직접 경험할 수 있었다.

프로젝트의 하이라이트는 2019년 3월 9일, 무케시 암바니 회장의 장남 '아카시 암바니'의 결혼식이었다. 발주처의 요구에 따라 삼성물산은 이 결혼식을 위한 중간 마일스톤으로 외부의 대형 분수, 2천석 극장, Exhibition Hall, Banquet Hall, Lower Concourse, Upper Concourse 등을 완료해서 '세기의 결혼식'을 위한 공간으로 Hand Over하였다.

발주처에서는 내부 마감과 설비 전기 공사까지 모두 완료된 공간에 추가로 결혼식 행사 전문 업체와 인원을 동원하여 형형색색의 꽃들과 조형물 등을 추가로 설치해서 초호화 결혼식장으로 장식하였다. 결혼식 행사를 지원하기 위해 삼성물산 본사에서 MEP 전문가 수십여 명이

2019년 3월 아카시 암바니 결혼식 피로연 연회장

결혼식 한 달 전부터 출장 지원을 나와서 현장 팀원들과 함께 주야로 24시간 대기하면서 행사 중에 단전, 누수, 화재, 가시설의 붕괴 등의 비상 상황이 발생하지 않도록 대비하였다.

이 결혼식에는 삼성 그룹 이재용 회장이 초대되었고, 삼성물산의 CEO도 2차례나 현장을 사전 방문하였다. 영국의 토니 블레어 전 총리, 반기문 전 유엔사무총장, 구글 CEO, 마이크로소프트 CEO, 코카콜라 CEO 등의 재계, 인도 정치, 경제, 연예계의 VIP 등 2만 5천여 명의 하객들이 초대되어, 첫날의 결혼식 행사와 5일 동안의 야외 분수쇼, 극장 스페셜 공연과 식음 서비스까지 제공되는 피로연으로 이어졌다.

결혼식 전부터 수많은 인원이 동원되어 엄청난 분량의 생화를 반입하여 꽃들이 오래 버틸 수 있는 고깔 모양의 물이 담긴 깔때기에 줄기를 꽂아 벽에 설치하는 모습들, 러시아에서 초대해 온 무용수들이 인도 무용수들과 호흡을 맞추면서 분수쇼와 인도 음악에 맞춰 리허설을 하는 모습들, 세계 유명 분수쇼 제작팀, 극장 운영팀이 동원된 모습들은 매우 인상적이었다.

아카시 암바니 결혼식장 인테리어 준비

함께했던 현장팀원들과 본사 전문가들의 노고 덕분에 사소한 해프닝도 없이 초대형 행사가 잘 마무리되어, 현장소장으로서 감사의 마음과 보람도 느낄 수 있었다.

인도 사람들에게는 결혼식이 자신들의 부와 명성을 맘껏 자랑하고 뽐내는 기회이다. 모든 인도 사람들이 결혼식을 위해 가진 모든 것을 총동원해서 최고로 호화롭게 결혼식을 하는 것으로 유명하다.

특이한 것은 예나 지금이나 인도에서의 결혼 95%가 중매로 결혼하는 풍속은 전혀 바뀌지 않고 있다는 것이다. 인도의 결혼은 기본적으로 종교적 행사로 여겨지며 딸을 시집보내는 것은 비슈누 신에게 딸을 바치는 것과 같은 의미를 갖기 때문에 결혼식 과정은 종교 의례에 가깝다.

본격적인 결혼식은 신랑 친척들이 악대를 대동하고 춤을 추며 흰 말을 탄 신랑과 함께 결혼식장에 들어서는 것으로 시작된다. 결혼식은 화톳불로 상징되는 '아그니 신'을 증인으로 모신 자리에서 힌두교 성전인 베다 성구를 읊는 가운데 거행된다. 신랑과 신부는 옷자락을 서로 묶어 하나가 되었음을 공표하고 화톳불 주변을 네 번 돌면서 사랑과 부, 덕행, 영혼의 안식을 기원한다. 이어 신랑은 신부에게 금과 검은 구슬로 된 '망갈수뜨라'(결혼 목걸이)를 걸어 주고 신부의 이마에 붉은 '신두르'를 찍어 결혼한 여성임을 표시한다. 친척들이 새로 탄생한 부부에게 꽃을 뿌려 축복해 주는 것으로 결혼식은 끝난다.

2019년 3월 아카시 암바니 결혼식

## # 축제의 나라

인도 사람들이 가장 좋아하는 세 가지로 영화, 결혼식 그리고 축제를 꼽는다. 그래서 인도 여행 중에는 의도하지 않아도 언제나 축제를 경험할 수 있고, 결혼식 하는 모습도 쉽게 볼 수 있다. 대부분 종교와 관련된 축제이고 다양한 종교가 뒤섞인 곳이라 축제의 종류도 상상을 초월한다. 색색의 물감을 던지는 홀리, 여기저기서 폭탄 소리를 내며 불꽃놀이를 하는 디왈리, 붉은 실을 묶으며 우애를 다지는 락샤 반단, 남인도 풍갈, 푸쉬카르 낙타 축제, 라마단, 헤미스 가면 축제, 꿈브멜라, 연날리기 축제 등 흥미로운 축제가 많다.

## # 홀리 축제(Holi Festival)

인도에 가서 휴일도 많고, 축제의 종류도 많다는 걸 처음 알게 되었다. '홀리'라 불리는 휴일에 집 밖으로 나갔다가 잘 알지도 못하는 동네 어린이들한테 색소 가루 폭탄을 맞은 적이 있다. 애들이나 어른들 모두 꾸밈없이 밝고 신나 하는 모습에 금방 그들과 한편이 되어 버렸다.

인도는 그야말로 축제의 나라이다. 한 해가 끝남을 축하하고 봄을 환영하기 위한 색의 축제(Festival of Colours)인 '홀리' 축제는 힌두력에서 새해가 되는 3월경에 열린다. 남녀노소, 종교, 나이, 계급에 상관

없이 색소 가루나 색을 탄 물을 서로 뿌리고 즐겁게 춤을 주며 즐기는 축제이다. 서로에게 형형색색의 물감을 뿌리며 삶의 고통과 슬픔을 씻어 내고 축복을 기원하는 '색의 축제'로 이색적이고 화려한 축제를 보기 위해 해마다 전 세계에서 관광객이 몰려들 정도이다.

홀리 축제

## # 디왈리 축제

인도에서 근무했던 6년 동안 가장 반가운 축제가 '디왈리' 축제이다. 5일 동안의 연휴는 주말과 연결하면 1주일 이상의 연휴가 되어 거의 매년 근처의 나라로 해외여행을 할 수 있었다.

'디왈리'는 인도의 전통 축제로, 힌두력으로 여덟 번째 달(매년

10~11월경) 초승달이 뜨는 날을 중심으로 5일간 집과 사원 등에서 이어지는 인도의 최대 축제다. '홀리(Holi)' 축제, '두세라(Dussehra)' 축제와 함께 힌두교 3대 축제로 꼽힌다.

인도 전역에서 펼쳐지는 '디왈리'는 지역별로 숭배하는 신이 달라 행하는 의식에 조금씩 차이가 있지만, 공통적으로 등불, 촛불 등으로 집과 사원을 밝혀 '빛의 축제'라고 불린다. 인도인들은 빛을 많이 밝힐수록 더 큰 행운이 찾아온다고 믿는다.

'디왈리' 축제 동안에는 폭죽을 터뜨리는 불꽃놀이 때문에 전쟁터 같은 폭음 소리가 끊이질 않는다.

디왈리 축제

## # 가네샤 축제와 코끼리 신상

인도에 도착해서 문화적으로 가장 놀랐던 것은 인파보다는 아파트 입구 현관에 있던 코끼리 신상 때문이었다. 보통의 신들은 대부분이 사람의 형상을 하는 데 반해 코끼리 두상을 모셔 둔 모습이 처음엔 생소하고 낯설었지만 매일 보다 보니 자연스럽게 익숙해졌다.

내가 살던 뭄바이에서는 대부분의 아파트 현관은 물론이고 거의 모든 집 안에도 코끼리 신상을 모셔 놓고 있었다. 이 신은 '가네샤'라 불리는 신으로 코끼리 머리를 한 지혜와 행운의 신이다.

갖가지 장애를 걷어 내며 학문과 상업의 성취를 가져다준다고 믿으며, 힌두교의 세 주신 중 하나인 '시바'와 그 아내 '파르바티'의 아들이며 '시바'의 자녀들 중에서도 가장 유명하고 인기 있는 신이다.

인도에서 카스트나 지역을 가리지 않고 숭배받으며 모든 종파에서 상당히 높은 신이다. 인도에서 8월 말~9월 초에는 '가네샤 차투르티' 축제가 전국적으로 성대하게 개최되는데 특히 뭄바이 등 서인도에서 화려하게 열린다. 영국의 식민지 시기 모든 카스트에게 인기가 있던 가네샤를 통해 국민을 단결시키려고 대규모 축제가 되었다.

집에 따라서 코끼리 퍼레이드의 규모와 기간도 달랐던 것으로 기억한다. 또한 집집마다 내다 버리는 코끼리의 신상들이 아무리 성스러운 성물이지만 결국은 바다를 오염시키지는 않을까 은근히 우려가 되었다. 왜냐하면 뭄바이 근교의 바닷가로 나가 보면 주변에서 밀려들어

가네샤 축제

온 생활하수와 쓰레기들의 모습이 상상을 초월할 정도였기 때문이다.

인도 최대 힌두교 축제인 가네샤 축제를 준비하는 뭄바이의 장인들은 가네샤 축제를 위해 1년 내내 코끼리 신상을 제작한다. 보통 석고로 만들어지는 이 코끼리 신상은 한 손으로 들 수 있는 작은 것에서부터 최대 수 미터 크기까지 제작된다. 코끼리 신을 기리는 가네샤 축제는 거대 코끼리 신상의 거리 퍼레이드 행사와 코끼리 신상을 물에 담그는 의식으로 열흘 정도 이어지는 축제를 마무리한다.

# 도비 가트

뭄바이에 도착해서 첫 휴일에 현지인 담당 운전수가 시내 구경을 시켜 준다며 데려다 준 곳이 뭄바이 시내에 있는 도비 가트였다.

도비 가트는 뭄바이의 100년 전 정책으로 만들어진 빨래터로, 인도인들은 세탁기가 보급된 오늘날에도 여전히 손빨래를 하는 전통이 있다. 수많은 사람이 이곳에서 빨래를 하는 모습은 소문대로 일사불란하면서도 평생 빨래만 해야 하는 그들의 모습에서 짠한 동정심이 들었다. 야외에서 수백 명이 손으로 옷을 빨고 방망이질을 하면 물소리와 방망이질 소리가 도비 가트를 가득 채웠지만 보는 이의 마음은 편치만은 않았다.

뭄바이 도비 가트

# 카스트 제도

수천 년 동안 인도인의 생활을 규율해 온 카스트 제도는 법적으로 금지되어 있고, 근대화 및 교육의 영향으로 점차 약화되고 있으나 아직도 많은 인도인들의 일상생활에 큰 영향을 미치는 사회 관습으로 존재하고 있다.

카스트 제도는 '아리안'족이 인도를 정복한 후 소수집단인 지배 계급이 피지배 계급에 동화되는 것을 방지하기 위한 목적에서 출발한 것으로 알려져 있다.

피부색 또는 직업에 따라 승려 계급인 '브라만(Brahman)', 군인 · 통치 계급인 '크샤트리아(Kshatriya)', 상인 계급인 '바이샤(Vaisya)' 및 천민 계급인 '수드라(Shudra)'로 크게 나뉘며, 이 안에는 다시 수많은 하위 카스트들이 있다. 최하층 계급으로는 '달리트(Dalit)'라고 불리는 불가촉천민(Untouchable)이 있다.

최초에는 그다지 엄격하지 않았으나 오랜 역사적 흐름과 더불어 다른 카스트와의 결혼 불허 등 많은 금기를 가진 사회규범으로 굳어져 왔다. 이러한 계급 제도는 인도 사회를 안정시키고 결속시키는 데 도움이 된 면도 있으나, 인권을 침해하고 사회를 정체시켜 활력을 잃게 하는 부정적 영향이 크다.

오늘날 인도에는 2억이 넘는 불가촉천민 인구가 있는바, 정부에서는 입학, 취업 시 일정 비율을 이들에게 배정해 주는 등 혜택을 주고 있으며, 현재 람 나트 코빈드 인도 대통령도 불가촉천민 카스트이나, 농촌에서는 아직도 카스트 제도가 많은 부정적 영향을 미치고 있는 실정이다.

### # 오토 릭샤(Auto Ricksaw)

인도 오토 릭샤

인도에서는 많은 사람들에 놀라고, 또한 물방개처럼 빨빨거리고 돌아다니는 오토 릭샤의 모습에 놀라게 된다. 요리조리 빽빽거리며 골목골목을 누비는 모습이 앙증맞기도 하지만 특히 러시아워인 출퇴근 시간에는 길을 막는 주범이기도 하고, 휴일 날 집에서 쉬고 있자면 오토 릭샤 돌아다니는 소리가 무척이나 거슬린다. 오토 릭샤는 인도의 대표적인 교통수단으로 오토바이를 개조해 만든 삼륜 전동 스쿠터다. 태국에서는 '툭툭', 네팔에서는 '템포', 인도네시아에서는 '바자이'로 불리는 동남아시아 주요 교통수단으로 아무 곳에서 쉽게 이용하기에 편리한 교통수단인 반면, 교통 체증과 소음 발생의 주범이라서 오토 릭샤에 대한 인상은 썩 좋지 않은 편이다.

# 푸자

인도 건설 현장에서는 공종별로 공사를 시작하게 될 때마다 함께 의식을 올리게 되는데 그들은 이런 의식을 '푸자'라고 했다. 의식의 절차는 잘 모르지만 외부의 성직자를 초대해 와서 그가 주관하는 대로 코코넛을 돌에 부딪쳐서 깨는 의식과 함께 이마에는 붉은 색칠을 하게 되었다.

힌두교에서 푸자는 다양한 경우와 다양한 빈도, 다양한 환경에서 행해진다. 집에서 매일 하는 푸자, 또는 가끔 절의 의식과 연례 축제를 포함해서 아기의 탄생이나 결혼과 같은 몇 번의 평생의 행사를 기념하거나 새로운 공사를 시작하기 위해 푸자를 연다.

인도 뭄바이 월리 현장 공사 착수 시 안전과 성공을 위한 푸자

## # 바라나시 갠지스강

갠지스강(힌디어로는 '강가')은 인도 북부를 흐르다가 방글라데시가 있는 벵골만으로 연결되는 장장 2,500㎞에 이르는 강이다. 히말라야 산맥의 강고토리 빙하에서 발원하여 인도 북부를 동쪽으로 흐르다가 비하르주 동쪽 경계에서 남동으로 방향을 바꾸어 벵골 평야를 지나 벵골만에 흘러든다. 갠지스강은 힌두인에게 성스러운 강이며, 바라나시나 하리드와르와 같은 힌두 성지를 거쳐 흐른다.

갠지스강은 인도에서 6년 동안 살면서 겨울에 한 번, 여름에 한 번씩 찾아가 보았다. 특히 2012년 1월에 고교 동창 부부들과 함께 패키지여행으로 이곳을 찾아서 1박 2일 동안 머무르면서 새벽에 작은 보트를 타고 강으로 나가서 아침 해가 떠오르는 장면을 보면서 바라나시 주변을 한 바퀴 돌았다.

보트에서 내려서 갠지스 강변을 천천히 걸으면서 힌두교 장례 의식으로 수십여 구의 시신이 동시에 태워지는 엄숙한 광경들, 장례의식이 끝나고 재가 된 부분을 강으로 버리며 청소하느라 분주한 모습들, 강 한편에서 온몸을 강물에 침수시키면서 벌이는 세례의식들과 강물을 성수처럼 담아 가거나 마시는 사람들의 모습들, 빨래를 하거나 말리는 모습들까지 다른 나라 여행지에서는 보기 힘든 장면들이 벌어지는 모습들을 아주 가까이서 보게 되었다. 밤에는 갠지스 강변에서 갠지스강의 여신에게 바치는 성스럽고도 축제의 모습과 같은 '아르띠 푸자'도

2012년 갠지스강

가까이서 보았다. 제단 위에서 제사를 드리면서 향을 피우고, 꽃을 뿌리고, 횃불을 빙글빙글 돌리고, 신을 불러내면서 전통의복을 차려입은 제사장이 낮은 종소리와 함께 묵직한 목소리로 경전을 읊는다. 갠지스강 밤하늘을 향해 울려 퍼지는, 신을 부르는 소리들은 수천 년을 이어오고 있는 듯했다.

힌두교도들은 갠지스 강물에 몸을 씻으면 모든 죄를 면하게 되고, 죽은 후에 뼛가루를 흘려보내면 극락에 갈 수 있다고 믿는다. 또한 성스러운 갠지스 강물에 꽃불을 띄우면서 빌면 소원이 이루어진다는 전설을 믿고 있다.

몬순 시즌인 7월에 바라나시의 갠지스강을 다시 찾았을 때는 강물의 수위가 높아져서 계단으로 된 부분의 맨 윗단까지 가득 차서 거의 범람하기 직전이었다. 겨울에 보이던 모습들은 모두가 물속에 잠겨 거대한 흙탕물 줄기만이 도도히 흘러가고 있었다.

## # 인도의 종교

인도는 힌두교의 나라로 알려져 있지만 불교의 발상지이기도 하다. 불교를 창시한 석가(부처)는 인도와 네팔의 국경 부근에서 태어났으며 그의 흔적들을 인도 곳곳에서 만날 수 있다. 석가가 깨달음을 얻기 위해 고행을 행한 장소와 성도를 거쳐 세상에 설법을 전파시켰던 자리, 수행에 의해 진리를 체득해 일체의 속박에서 해탈(解脫)한 최고의 경지인 열반에 든 곳까지 모두 인도에 있다.

인도는 힌두교, 불교, 자이나교(Jainism), 시크교(Sikhism) 등 4개 종교의 발상지이며 이슬람교, 기독교, 조로아스터교, 유대교 등 다양한 외래종교가 공존하고 있는 나라이다.

종교는 인도 국민의 일상생활과 불가분의 관계에 있으며 종교 없는 생활은 생각할 수조차 없을 정도로 종교는 인도인의 생활과 밀착되어 있다고 할 수 있는바, 종교는 인도인의 일상생활에 지배적인 영향을 끼치는 중요한 요소다.

인도 헌법은 모든 종교에 대한 무차별, 신앙의 절대자유를 보장하고 있으며, 모든 종교는 국가로부터 동등한 대우를 받고 있다.

힌두교는 BC 2000년경 아리안족 침입 후 최고경전 베다(Veda)가 집

대성되면서 정치, 사회생활을 지배해 왔으며, 이슬람교 등 이교도의 수세기 동안에 걸친 침략 속에서도 이에 동화되지 않고 오히려 포용하면서 오늘에 이르렀다.

드라비다족의 토속신앙, 아리안족의 자연신 숭배 등에 바탕을 둔 다신교인 힌두교는 외래사상과 종교 등에 대한 인내와 관용을 특징으로 하며 생활 경험, 도덕, 사회 관습, 규범의 총체로서 다르마(Dharma, 정의 또는 의무)에 따른 수도 생활과 최고 정신을 탐구하는 고도의 생활 철학적 종교이다.

소를 신성시하고 카스트 제도를 정착시킨 힌두교는 해외 전파보다는 인도인의 종교로 존속하길 바라는 성향을 띠고 있다. 현재 약 9.1억 명에 이르는 신도를 가진 힌두교는 인도 사회에서 절대적 우위를 차지하는 종교이다.

이슬람교는 AD 11세기 이슬람 세력의 인도 서북부 침입으로 술탄 왕조가 성립되면서 전래되었고, 무굴제국 전성기에 델리를 중심으로 번성하였으며, 현재 약 1.5억 명의 신도를 가진 인도 제2의 종교이다. 이슬람교는 술탄 왕조에 의한 힌두교 탄압으로 때때로 힌두교와 충돌해 왔으나 상호 교류 속에 공존하려는 노력을 기울여 왔으며, 건축, 회화 등 인도문화의 다양화에 크게 기여하였으나, 현재 힌두교와 예민한 갈등 관계에 있다.

기독교는 AD 1세기 성 토마스에 의해 처음 전래되었다. 기독교는 영국 통치 시대에 케랄라, 타밀나두 등 주로 인도 남부 지방에 뿌리를 내렸다. 약 2,600만 명의 신도를 가진 제3의 종교로서 개신교는 거의 없고 대부분이 카톨릭이다.

마두라이 힌두 사원

## # 암리차르 황금사원

시크교는 15세기에 창시자인 구루 남데브 싱(1469~1539)에 의해 시작되었다. 시크교는 복잡한 종교 체계를 가지고 있으며, 그 중심에는 구루 그란트 사헌경(Guru Granth Sahib)이 있다. 구루 그란트 사헌경은 시크교의 성서로 간주되며, 구루 남데브 싱과 그 이후의 구루들의 저작을 포함하고 있다. 구루 그란트 사헌경은 시크교 신도들에 의해 경배되며, 그들의 신앙생활과 가르침의 근간이 된다. 시크교는 탈교회적인 신앙 체계를 가지고 있으며, 사회적 평등과 인권, 정의, 진실성 등의 가치를 중요시한다. 시크교 신도들은 오래된 전통적인 의식과 예식을 따르며, 머리를 감싸는 터번을 쓰고, 칼을 차고 다니는 것으로 잘

암리차르 황금사원(시크교)

알려져 있다. 이는 정신적인 힘과 사회적인 평등을 상징하는 것으로 여겨진다.

인도 시크교는 전 세계에 수많은 신도를 가지고 있으며, 인도에서는 주로 펀잡 지방에서 많은 시크교 사원과 신도들이 있다.

특히 인도에서의 공사 현장에서 안전모를 써야 하는데 시크교도의 경우 터번 때문에 안전모를 쓰고 다닐 수가 없어서 안전모 대신 터번만 쓰고 작업을 하는 부분에 대해 허락이 되었다.

BBC 선정 세계 50대 명소 중에는 인도는 아그라에 있는 '타지마할'과 암리차르에 있는 '황금사원'이 있다. 2016년 5월에 1박 2일 일정으로 암리차르의 황금사원을 다녀왔다. 황금사원은 낮에 보는 모습보다 밤에 보는 모습이 더 아름답다.

## # 불교와 자이나교

불교는 BC 3세기~AD 5세기까지 번창하였고, 주로 마하라슈트라주에 분포되어 있으며, 현재 약 910만 명의 신도가 있다.

자이나교는 불교와 함께 힌두교로부터 유래된 종교로 특히 비폭력, 살생 금지를 주된 이상으로 하고 있으며, 현재 약 458만 명의 신도를 가지고 있다.

불교 성지 녹야원

## # 인도의 화장실

인도 화장실

인도에서 화장실 부족은 뿌리 깊은 문제다. 유니세프에 따르면 2014년 기준으로 인도 13억 인구 중 절반인 약 6억 2,000만 명이 화장실 없는 집에 살고 있다. 대다수는 시골 거주자였다. 이들은 급한 일은 동네 들판이나 후미진 골목, 강가나 해변에서 해결한다.

뭄바이에 살면서 이른 아침에 뭄바이 해변의 산책로를 아침 운동 삼아 달리다 보면 뭄바이 해안가에 위치한 슬럼가의 사람들이 해변가의 자갈밭으로 걸어 나가서 자연 화장실을 사용하는 것을 보곤 했다. 멀리서 보이는 이런 풍경은 마치 수많은 사람들이 바닷가의 자갈이나 바위들처럼 보일 정도이다.

## # 뭄바이 해변

같은 아라비아해를 사이에 두고 아라비아 반도의 두바이 해변과 인도의 뭄바이 해변은 극명한 차이가 난다. 뭄바이의 해변은 각 가정에서 나오는 생활하수와 오수, 그리고 축산 폐수와 생활쓰레기들로 오염된 바닷물로 마치 모자이크 그림처럼 지저분하다. 어쩌다 휴일에 시간을 내서 근교의 바닷가로 가 보면 해변에 널려 있는 쓰레기들과 오염된 바닷물의 모습에 넋이 나갈 정도이다.

2012년 뭄바이 해변

## # 타지마할

인도 뭄바이에서 6년 동안 생활하면서도 인도 북부로 여행할 기회가 많지 않았다. 다행히도 고교 동창 부부모임에서 패키지로 1주일 동안 델리, 아그라, 바라나시, 자이푸르 등 북부 지방을 패키지로 여행하면서 타지마할을 찾을 기회가 있었다.

타지마할은 인도 아그라에 위치한 무굴 제국의 대표적 건축물이다. 무굴 제국의 황제 샤 자한이 총애하던 부인, 뭄타즈 마할로 알려진 아르주망 바누 베굼을 기리기 위하여 1632년에 무덤 건축을 명하여 2만여 명이 넘는 노동자를 동원하여 건설하였다. 건축의 총책임자는 우스타드 아마드 로하리로 알려져 있고, 뭄타즈 마할이 죽은 지 6개월 후부터 건설을 시작하여 완공에 22년이 걸렸다.

2012년 인도 아그라 타지마할

타지마할은 총 17헥타르에 달하는 거대한 무덤군의 중심 부분이며, 실제로 무덤군은 응접실, 모스크 등이 따로 딸려 있다. 영묘의 건설은 거의 대부분 1643년에 완료되었으나, 추가적인 보조 작업이 약 10년 동안 진행되어 1653년에야 현재 우리가 볼 수 있는 모습으로 만들어지게 되었다.

타지마할은 페르시아, 튀르키예, 인도 및 이슬람의 건축 양식이 잘 조합된 무굴 건축의 가장 훌륭한 예이다. 1983년 타지마할은 유네스코 세계문화유산으로 등재되면서, '인도에 위치한 무슬림 예술의 보석이며 인류가 보편적으로 감탄할 수 있는 걸작'이라는 찬사를 받았다.

타지마할을 건설하는 동안, 제국의 재정이 휘청거릴 정도로 막대한 양의 예산이 투입되었기에, 막대한 세금과 과도한 수탈로 전국에서 민심이 악화되었다. 또한 샤 자한이 나이가 들어 감에 따라 점차 정무에 무관심해졌고, 결국 샤 자한의 아들인 아우랑제브가 반란을 일으켜 샤 자한을 폐위시킨 후 아그라 성에 감금해 버렸다. 이후 샤 자한은 아그라 성의 창문으로 멀리서만 타지마할을 감상할 수 있는 신세가 되어 버렸고, 죽을 때까지 아그라 성에 갇혀 살았다. 나중에 샤 자한이 세상을 떠나자, 그의 유해는 타지마할 안에 있는 뭄타즈 마할의 무덤 옆에 묻혔다.

## # 인도 카레라이스

말레이시아 현장에 근무하면서 인도계 말레이인들과 함께 근무하면서 처음으로 그들이 맨손으로 카레라이스를 먹는 모습을 접할 수 있었다. 무엇보다도 인도의 카레라이스는 짙은 향과 노란색이 주는 강한 인상을 꼽을 수 있다.

인도는 향신료의 종주국으로 수십 가지 향신료로 맛을 내어 그 맛이 독특하고 강하다. 카레는 우리에게 친숙한 음식이지만 우리 입맛에 익숙한 한국식 카레와 인도 카레의 맛과 스타일은 사뭇 다르다.

1498년 포르투갈 항해가인 바스코 다 가마(Vasco da Gama)가 동인도 항로를 발견한 것은, 이후 시작된 포르투갈과 인도의 교역을 통해 인도에 다양한 향신료 및 각종 야채의 유입 그리고 유럽식의 달콤하면서도 매콤한 맛이 들어오게 된 시발점이었다. 또한 1526년 무굴제국 건국자 바부르(Babur)의 인도 침략은 이국적인 향신료와 건과일, 견과류를 이용한 조리법을 통해 담백함과 매운 맛을 인도 요리 문화에 추가한 역사적인 사건이었다. 이처럼 오늘날의 인도 요리는 중앙아시아, 페르시아, 유럽의 요리와 식재료들이 인도에 들어와 토착문화와 상호작용하면서 형성된 것이다.

인도 카레

카레(curry)는 '소스(sauce)'를 의미하는 타밀 단어 'kari'에서 유래하였다. 채소나 닭, 생선 등에 카레파우더를 넣어 조리한 국물 요리로 만드는 사람의 취향에 따라 다양하게 만들어지므로 지역과 개인에 따라 다양한 맛을 자랑한다.

영국의 인도 통치기에 인도의 매운 음식 맛에 입맛을 들인 영국군과 관료들이 본국으로 돌아가거나 다른 식민지령 국가로 파견되면서 카레를 전파하였다. 이렇게 카레는 버마(미얀마), 태국, 중국, 인도네시아, 필리핀을 거쳐 일본과 우리나라까지 전파되면서 다양한 맛의 카레로 거듭나게 되었다.

### # 알폰소 망고

인도 알폰소 망고

인도에 살면서 가장 즐겨 먹었던 과일은 알폰소 망고(Alphonso mango)이다. 5월 중순경부터 시장에 나오기 시작하는 알폰소 망고는 망고 중에서도 맛과 품질이 으뜸이다. 알폰소 망고는 인도 웨스턴 고츠 지방에서 유래한 망고 품종 중 하나로, 세계에서 가장 유명하고 맛있는 망고 중 하나이다.

알폰소 망고는 크기가 크지 않고, 속이 주황색을 띠며 부드럽고 진한 과육을 가지고 있다. 그리고 달콤하고 과즙이 많아 맛이 아주 좋다. 인도에서는 망고의 여왕이라고도 불리는데, 다른 망고와는 다르게 단맛과 산미가 균형 잡혀 있어 독특한 맛을 가지고 있다.

망고를 반으로 잘라서 바둑판 모양으로 칼집을 낸 뒤 뒤집어 먹는 게 일반적이다. 내가 즐겨 먹었던 방법은 망고를 부드럽게 주무르면 안의 과육이 모두 으스러져서 겔처럼 되는데, 줄기 쪽 끝에 가위로 작은 구멍을 내서 으스러진 과즙을 쭉 빨아 먹고 난 뒤 틈을 더 벌려 씨 부분은 빼어 내서 남아 있는 과육을 발라 먹는 식이다. 어찌 보면 이 방법은 알폰소 망고 고유의 색과 향과, 과육의 부드러움, 고귀한 망고의 자태를 모독(?)하는 방법이라서 인도에서 자주 흔하게 먹을 때 말고는 엄두도 못 낼 방법이다.

## # 잭푸르트

인도에 살면서 알폰소 망고 외에도 두리안과 비슷한 맛을 내지만 크기가 다르고 내용물이 완전히 다른 잭푸르트(Jackfruit)란 과일도 즐겨 먹었다. 인도의 잭푸르트는 아주 큰 크기의 과일로, 무게가 수십 킬로그램에 이를 정도로 크게 자란다. 인도에서는 'Kathal' 또는 'Phanas'라는 이름으로도 알려져 있는데 달콤하고 고소한 맛이 특징이며, 비타민C, 식이섬유, 칼륨 등 다양한 영양소가 풍부하다. 또한 식물성 단백질이 풍부하여 채식주의자나 식이 요구조건이 까다로운 사람들에게 인기가 있다.

인도에서는 쉽게 분해되어 찢어져 나오는 특성을 이용해 다양한 요리에 사용하는데, 볶음요리, 카레, 스프, 버거 등으로 즐긴다.

인도 열대과일 잭푸르트

## # 인도 사람들의 '마살라 짜이' 사랑

인도에서 6년 동안 2개 현장에서 근무하면서 수만 명의 인도 근로자들과 함께 생활하였다. 이들에게 가장 중요한 시간과 가장 선호하는 음료는 단연 '마살라 짜이' 타임에 마시는 '마살라 짜이'이다.

'짜이'는 인도나 방글라데시 등 남아시아에서 주로 마시는 향신료가 가미된 밀크티다. 인도에서는 '마살라 짜이', 방글라데시에서는 '둣짜'로 다르게 불리지만 '짜이'를 좋아하는 건 똑같다.

U.A.E 두바이 현장에서 튀르키예 업체인 'BAYTUR' 사와 4년 동안 함께 일할 때 튀르키예 사람들의 손에 늘 들려 있었던 '튀르키예 차이'와 비슷한 느낌이다. 그때는 나라 이름이 터키라서 '터키쉬 차이'라고 불렀는데 지금은 '튀르키예'로 나라 이름이 바뀌었으니 아마도 '튀르키예 차이'라고 부르면 될 듯싶은데, 튀르키예 사람들의 '튀르키예 차이' 사랑도 인도 사람들의 '마살라 짜이' 사랑 못지않았던 기억이 난다. 튀르키예 사람들이 '튀르키예 차이'로 하루를 시작해서 '튀르키예 차이'로 하루를 마감하듯이 인도 사람들에게도 '짜이'는 일상에서 떼어 놓을 수 없는 음료임에 틀림없다.

오전과 오후 한 번씩 참 시간이 돌아오면 짜이를 파는 장사꾼이 나타난다. 스테인리스로 된 둥근 통에 짜이를 한 통 가져와서 한국의 소주잔보다 조금 더 큰 플라스틱 잔에 한 잔씩 판다. 아니, 오히려 근로자들이 짜이 장사가 오기를 기다리기라도 했던 것처럼 보인다.

비스킷 몇 조각과 플라스틱 컵에 따라 주는 짜이 한 잔에 그들의 피로는 금세 날아가는 듯 보인다. 짜이 한 잔에 1루피쯤 받는 것 같은데 장사 수입도 꽤나 괜찮아 보였지만, 짧은 휴식시간에 많은 근로자들이 줄을 서다 보니 이들의 휴식시간이 줄어들까 봐 업체 사장에게 부탁해서 여러 통으로 아예 회사가 짜이를 공급하도록 조치를 취했다. 물론 짜이 장사꾼한테는 미안하지만 여러 근로자들의 짜이 사랑에 보답하려면 짧은 시간에 대량 공급이 필요했기 때문이다.

인도 사람들은 둘 이상 모이면 으레 짜이를 마신다. 짜이는 홍차 또는 흑차에 우유와 향신료가 될 만한 계피 등을 혼합한 뒤 설탕을 가미해서 달달한 맛을 내게 만든다. 나 역시도 계피 향과 달달한 맛 때문에 현장에서 자주 마셨다.

인도 뭄바이 월리 트윈 타워 현장 근로자들이 '마살라 짜이'를 기다리는 줄

인도인들은 보통 아침 식사 시간이나 오후 간식으로 짜이를 즐기며, 가족들이나 친구들과 모여 시간을 보내면서 이 음료를 함께 마시는 것이 일상적인 모습이다. 인도의 거리에서도 사람들이 모인 장소를 보면 다들 짜이를 즐기고 있다.

인도에서 차를 널리 마시기 시작한 것은 영국 식민지 시대 이후로 알려져 있다. 영국의 지배를 받게 되면서 차 마시는 습관이 소개되었고 1830년대 이후 영국 동인도 회사가 중국산 차를 대신할 인도 아삼 지방의 야생 차나무를 발견하고 이를 경작하기 시작하면서부터 활성화되기 시작했다고 한다.

인도의 북부 지역인 아삼, 다즐링, 실론 지역에 차 농장들이 많이 있는데 늘어난 재고로 인해 홍차 잎 가격이 폭락하게 되자 영국의 인도 차 협회는 대대적인 캠페인을 벌여 인도인들에게 차를 마시게 했다고 한다. 이전까지 인도 내에 사는 영국인과 영국화된 인도 귀족들만이 마셨던 차를 공장 노동자들이 쉬는 시간에 마실 수 있도록 장려하는가 하면, 당시 발전하고 있던 철도역을 중심으로 홍차를 판매하는 카페와 '짜이왈라'라고 불리는 홍차 노점상이 등장하게 되었다.

식민지 시대에는 영국식으로 우유와 설탕이 첨가된 밀크티가 주종을 이루었지만 인도 내에서 판매되던 찻잎의 가격은 상당히 비쌌기 때문에 '짜이왈라'들은 차의 우유와 설탕 비율을 늘리는 동시에 인도에서 저렴하게 공급할 수 있는 다양한 향신료들을 첨가하면서 오늘날과 같은 '마살라 짜이'가 등장하게 되었다. 마살라 짜이가 향신료를 미치도록 사랑하는 인도 사람들의 입맛에 맞으면서 '마살라 짜이'는 인도 차의 상징이 되었고 그들의 일상의 문화가 되었다.

마살라 짜이는 인도의 다양한 지역에서 계층을 불문하고, 거리 상점부터 고급 호텔까지 다양한 장소에서 즐길 뿐만 아니라 가정에서 직접 만들어서 가족과 함께 즐기기도 한다.

## # 공포의 댕기열

인도에서 살면서 몸이 아파서 병원에 가서 의사에게 아픈 증상을 말하면 해당 의사로부터 가장 많이 듣는 말이 'unknown virus'이다. 바이러스에 의한 질병이지만 무슨 바이러스인지는 잘 모르겠다는 뜻이다. 그 정도로 인도에서 살면서 무슨 병인지도 모르고 아파 본 적도 많고 병원에도 여러 번 갔다. 그런데 몇 가지 질병 중에 증세가 확실하고 인도에서 비교적 전문가가 많은 게 모기에 의한 '댕기열'이다.

병원에서 피검사를 해 보면 금방 댕기열이라고 판단을 해 준다. 이처럼 병명의 판단은 확실하고 빠른 편이지만 치료약은 마땅치가 않아서 보통 일주일 이상 호되게 앓다가 퇴원하게 된다. 특히 고열과 한축이 나서 이불을 몇 겹으로 덮어 쓰고도 이빨이 아플 정도로 오한을 느끼게 되고, 엄청난 근육통과 두통에 잠을 이룰 수가 없다. 며칠 지나면 온몸에 붉은 반점이 생기기 시작한다. 퇴원 후에는 기력 쇠퇴 등 후유

증이 심하다.

속설에 의하면 댕기모기는 일반 모기들에 비해 오히려 오염된 물보다는 맑은 물을 좋아한다고 했다. 특히 몬순 시즌에 매일 비가 오면서 대체로 맑은 빗물이 새롭게 고이기 때문에 몬순 시즌에 극성을 부리게 되고 댕기모기에 더욱 많이 노출되게 된다고 전해진다. 또한 개개인의 체력이 떨어지거나, 감기 등으로 전체적인 면역력이 약할 때 댕기모기에 걸리면 댕기열에 걸릴 확률이 높다고 한다.

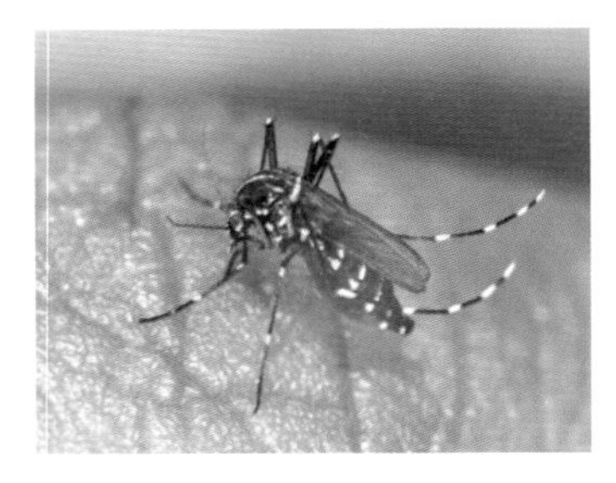

몸통과 다리에 흑백의 줄무늬가 특징인 댕기모기

한국인 직원 대부분이 한 번 또는 두 번씩 댕기열에 걸려 정말로 혹독한 고통을 경험하였다. 댕기열에 걸렸던 직원들은 댕기열의 고통에 대해 고개를 설레설레 흔들 정도로 고통이 심하고, 다 나은 뒤에도 그 후유증이 짧게는 몇 주, 길게는 몇 달씩 기운이 떨어지고 체력이 저하되는 현상을 경험하게 된다. 평소 건강했던 직원들도 댕기열로 고생한 후로 다리가 후들거린다고 말할 정도이다.

댕기열의 확실한 예방은 모기에 물리지 않는 것이다. 확실한 치료제나 예방백신이 없기 때문에 긴소매 옷으로 무장하고, 최대한 모기에 물리지 않도록 주의해야 한다.

댕기모기는 일반모기와 다른 외관상의 특징을 갖고 있다. 그래서 우리는 몸통에 줄무늬가 있는 댕기모기를 '아디다스 모기'라고 불렀다.

몬순 시즌에 현장 지하의 맑은 물이 고여 있는 곳에 많이 서식을 하는데, 현장 지하층에 갈 때에는 답답하더라도 거의 완전 무장에 가깝게 싸매고 들어갔다. 그렇다 하더라도 지하층에 상주하는 시간이 많은 공사팀 직원들이 댕기열에 걸리는 확률이 사무실에 근무하는 직원들보다 훨씬 높았다.

댕기열에 두 번 이상 걸리면 죽을 수 있다는 공포스런 루머도 있으나 한국인 직원 중에 2번 이상 댕기열에 걸렸던 직원들도 여럿 있었다. 댕기열 자체로 사망에 이르는 경우는 거의 없으나, 인체 여러 곳에서 출혈이 생기는 '댕기 출혈열'이나 혈압까지 떨어지는 '댕기쇼크 신드롬'이 나타나면 사망률이 높다고 한다.

피검사로 항체를 확인할 수 있는데 이전에 댕기열에 걸렸었거나 댕기열 모기에 여러 번 물린 경우 댕기 출혈열이나 댕기쇼크 증후군이 발현할 수도 있다고 한다. 댕기 출혈열은 전신의 출혈로 심한 쇠약감과 식은땀이 나며, 늑막이나 복강에 물이 차기도 하고, 출혈이 계속되면 혈압이 떨어져 댕기쇼크 증후군이 발생할 수도 있다고 한다.

6년 동안 인도에서 살면서 댕기열에 걸리지는 않았지만, 현장소장으로서 그리고 현장 동료로서, 댕기열에 걸려 외국의 병원에서 고생하는 후배 직원들을 수도 없이 문병 갔던 기억이 새롭기만 하다.

## # 물 부족 국가 인도에서의 '빠니(물)'와 식중독

뭄바이 주변에서는 호수를 자주 볼 수 있다. 직원들 아파트가 있던 히라난다니에도 포와이 호수가 있었고 내가 살던 웨스트 반드라 초입에도 꽤 큰 규모의 호수가 있다. 그런데 이런 호수들이 대부분 생활폐수로 오염되어 식수원으로는 사용하지 못하고 그저 바라보는 용도로만 사용될 뿐임이 많이 아쉬웠다.

인도 뭄바이 근교 히라난다니 포와이 호수

인도에서 가장 조심해야 할 것이 모기와 물 때문에 걸리는 식중독이다. 특히 인도에 와서 배탈로 고생해 보지 않은 직원은 거의 없었다.

식중독은 오염된 음식이나 물을 섭취함으로써 발생하는 위장 관련 질환으로, 특히 인도를 여행하는 여행자들이 자주 경험하는 질병이다.

인도에서 식중독을 예방하기 위해서는 깨끗하고 위생관리가 철저한 식당을 선택해야 하고, 거리의 음식은 보는 것으로 만족하는 게 좋다. 생수를 마시거나 얼음이 든 음료를 마실 때에는 반드시 밀봉되어 포장된 생수만을 구입해서 마셔야 하고, 얼음은 호텔급 이상의 식당이 아니면 절대로 믿어서는 안 된다. 식사 전후에는 깨끗한 물과 비누로 손을 꼼꼼하게 씻어야 하고 손 소독제를 사용하는 편이 좋다. 이렇게 세심한 주의를 하고 살지만 대부분 한두 번씩은 식중독으로 병원 신세를 지게 된다. 나 역시도 어떤 원인에 의해서인지도 모르지만 식중독에 걸려 3일 동안 병원에 입원한 적이 있다.

인도 거리에서 현지인들이 쉽게 마시는 물들을 보면 금방 배탈이 나지 않을까 싶을 정도로 비위생적인 모습들을 자주 접하게 되는데 어떻게 배탈이 나지 않는지 몹시도 궁금할 정도였고, 위장 속에 특수 코팅이 되어 있어서 탈이 잘 나지 않는 거라고 농담을 주고받곤 하였다.

# 7

# 사우디아라비아

## 2012년 9월~2015년 12월

# 사우디아라비아 # 사우디아라비아 Royal Family # K.A.F.D(King Abdula Financial District)
# 사우디아라비아에서 와인 만들기 # 사우디아라비아 전통 복장 # Saudization
# 사우디아라비아 결혼 풍습 # 사우디아라비아 리야드 지하수 # 사우디아라비아 인구
# 사우디아라비아 리야드 킹덤 컴파운드 # 리야드 G.C(Riyadh Golf Courses) # 중동 음식들
# 이슬람 5대 규율 # 이슬람 성지 # 리야드 한인교회(안디옥교회) # 함무르 회 파티
# 리야드 메트로 # 사우디아라비아 리야드 도로 환경 및 자동차 운전 습관
# 고속도로와 낙타 사고 # 대추야자와 메르스

# # 사우디아라비아

사우디아라비아는 아시아 대륙의 아라비아 반도에 위치한 국가로, 이슬람교를 공식적인 종교로 채택하고 있다. 이슬람 신앙과 문화가 깊이 뿌리박혀 있으며, 성지 메카와 메디나가 위치하고 있어 이슬람 세계에서 매우 중요한 지위를 차지하고 있다.

사우디아라비아는 석유 자원이 풍부한 국가로, 석유산업이 국민소득의 대부분을 차지한다. 이를 바탕으로 발전한 사우디아라비아는 세계에서 손꼽히는 부유한 나라로, 건축물, 교통, 교육, 의료 등 다양한 분야에서 지속적인 발전을 이루어 내고 있다.

사우디아라비아는 이슬람 국가로서 이슬람교와 관련된 문화유산이 매우 풍부하다. 이를 대표하는 건축물 중 하나는 성지 메카의 대성전인 카바다. 또한 사우디아라비아에는 다양한 자연환경이 있는데, 북부 지역에는 유적지와 오아시스, 남부 지역에는 산악지대와 사막지대 등 다양한 지형이 있다.

사우디아라비아의 정치체제는 왕국제로, 국가의 주요한 지위와 부처들은 왕족 집안이 차지한다. 국내에서는 이슬람 교리와 문화를 중시

2013년 사우디아라비아 수도 리야드

하며, 성별 간의 역할 분담이 엄격하게 이루어지고 있다. 또한 왕족 집안 내부에서는 권력 갈등이 일어나는 등 여러 가지 이슈가 존재한다.

사우디아라비아는 중동 지역에서 매우 중요한 지위를 차지하고 있으며, 국제 정치와 경제 등 다양한 분야에서도 큰 영향력을 발휘하고 있다.

## # 사우디아라비아 Royal Family

사우디아라비아의 왕족 집권체제는 현재까지도 유지되고 있다. 사우디아라비아의 국가 지도자인 왕은 왕족 중에서 선출되며, 왕족 집안은 국가의 주요한 지위와 부처들을 차지하고 있다.

사우디아라비아 왕족 집안은 수천 명 이상으로, 여러 가지 분파와 갈등이 존재한다. 그중에서도 알 사우드 가문은 사우디아라비아의 건국자인 아브드 알-아지즈 알 사우드를 비롯한 사우드 가문의 후손들로 이루어져 있으며, 왕위 계승에 대한 주요한 권한과 권한을 가지고 있다.

사우디아라비아 국왕과 왕세자

사우디아라비아 왕족 집안은 국가의 정치적, 경제적 결정에 큰 영향력을 가지고 있다. 그러나 최근에는 왕족 집안 내부에서 권력 갈등이 발생하고 있어 왕위 계승과 같은 중요한 문제들이 논의되고 있다. 또한 왕족 집안의 부의 분배와 같은 문제도 이슈가 되고 있다.

사우디아라비아 왕족 집안은 이슬람 국가체제와 밀접한 관계가 있으며, 왕족 집안 중 많은 인물들이 이슬람 신앙과 문화를 중요하게 생각하고 있다. 그러나 최근에는 왕족 집안 내부에서도 이슬람 교리와 사회적 변화에 대한 다양한 견해가 나오고 있다.

## # K.A.F.D(King Abdula Financial District)

K.A.F.D(King Abdula Financial District)

만 31세였던 1993년, 말레이시아 쿠알라룸푸르 '루사카 타워'에서 공사 대리로 해외 현장 근무를 시작한 지 20여 년이 지난 2012년 9월, 사우디아라비아 리야드 '타다울 타워' 현장에 처음으로 현장소장으로 부임하게 되었다.

그 이후로 인도 뭄바이 '다이섹 콤플렉스' 현장과 방글라데시 '다카 국제공항' 현장에서 만 60세 정년을 맞을 때까지 3개 현장에서 10년 동안 현장소장 직을 수행하였다.

현장소장이 되기 전까지 대만 '타이페이 101 타워' 현장, U.A.E 두바이 'BD 12&13 트윈 타워' 현장과 인도 뭄바이 '월리 트윈 타워' 3개 현장에서 공사팀장을 하면서 현장소장이 되기 위한 담금질을 하였다.

모든 현장마다 어려움과 풀어야 할 문제들이 많이 있지만 특히 사우디아라비아 리야드의 '타다울 타워' 현장은 내가 경험했던 해외 현장들 중에서 가장 챌린지한 현장이었다.

2012년 10월 타다울 타워 지하 토공사

'타다울 타워' 현장은 K.A.F.D(King Abdullah Financial District) 내에 지어지는 66개 동의 건물 중 가장 늦게 발주된 건물이다. K.A.F.D

내에 66개 동의 건물이 한꺼번에 지어지다 보니 가장 큰 이슈가 단지 내 Logistic Access 확보였다. 현장 부지의 2면만이 현장 주변의 Link Road의 Bridgeway에 연결되어 있을 뿐, Logistic Area가 전혀 없어서 K.A.F.D 단지에서 15㎞ 떨어진 곳에 Stock Yard 6,000㎡를 임대해서 1차 물류 장소로 활용하면서 밤 시간에만 현장으로 반입해야 했다. 또한 착공하고 지하 토공사를 시작한 지 며칠 만에 지하수가 나와서 이 지하수를 K.A.F.D 단지 밖으로 처리하고 지하 골조 공사를 진행하느라 무척이나 고생을 하였다.

타다울 타워 골조 공사

지상층 골조도 평면이 4면에서 5면으로 바뀌는 트위스트 형상이라서 어느 한 층도 평면이 같지 않고 기둥의 단면도 나무줄기처럼 독특한 디자인이라서 쉽지가 않았다.

사우디아라비아의 리야드는 U.A.E 두바이의 부르즈 칼리파 타워와 함께 High Rise Building군을 이루고 있는 Business District를 모방해서 K.A.F.D 건설을 추진하였고, K.A.F.D의 중심에는 이 단지에서 가장 핵심인 5개의 건물군이 있는데 '타다울 타워'(사우디아라비아 증권거래소 HQ Tower)도 이 중 하나이다.

K.A.F.D는 전체 예산 78억 불을 들여 단지 내 호텔, 아파트, 오피스, 지원시설 등 66개 동을 동시에 건설하는 복합 프로젝트이다. 전체 단지 면적은 7㎢(약 210만 평)으로 전체 발주처 총괄은 사우디아라비아 국민 군인 연금 공단인 PPA(Public Pension Authority)이고, PM 총괄은 Hill International LTD에서 담당하였다. 주요 참여 건설업체와 수주액으로는 사우디아라비아 로컬 건설업체 중 가장 큰 업체인 Saudi Bin Laden Group의 수주액이 51.1억 불, 2위 업체인 Saudi Oger가 6.2억 불어치를 수주하였고, Global 업체로는 삼성물산이 유일하게 '타다울 타워'를 3.5억 불에 수주하였다.

대부분의 단지 내 건물설계는 국제 현상설계공모를 통해 선정하였는데 타다울 타워는 일본의 니켄세케이가 당선안으로 채택되었다.

대부분의 건물 신축공사와 Infra Structure 공사가 2010년 이후 동시에 시공되는 바람에 K.A.F.D 단지 내 Access 문제와 Logistics 관리가 어려워 공기가 지연되었고, 대부분의 건물이 공기 내 준공되지 못하다가 2020년이 되어서야 완공되었다.

## # 사우디아라비아에서 와인 만들기

사우디아라비아는 일체의 주류 반입, 유통, 음주 등이 엄격히 규제되는 나라이다. 하지만 외국인들이 주로 거주하는 컴파운드 내에서는 음주가 가능하다. 또한 외국 대사관가가 몰려 있는 D.Q에서 주말에 대사관저 안에서 외교관 관계자들의 초대를 받아서 각 대사관의 외교 행낭으로 들여온 주류들로 음주가 일부 행해지기도 한다.

사우디아라비아에서
포도주스로 만든 와인

1970년대~1980년대의 중동 붐이 한창일 때는 현장에서 사대기라는 술을 밀주해서 먹었다. 사우디아라비아 리야드에는 몇몇 한국 게스트하우스들이 있다. 이곳에서 100% 포도주스를 재료로 설탕과 이스트를 함께 섞어 포도와인을 만들어 게스트하우스에 묵는 손님들에게 주말에 반주로 제공하였다. 나도 이곳에서 레시피를 배워서 컴파운드 숙소에서 지속적으로 와인을 만들어 두었다가 주말에 현장 직원들을 컴파운드로 초대해서 식사와 함께 반주로 제공하였다. 컴파운드 안에 있는 레스토랑에서는 가져온 와인을 먹을 수 있도록 와인 잔을 제공하였다.

## # 사우디아라비아 전통 복장

사우디아라비아의 전통 복장은 이슬람 신앙과 문화적 전통에 근거하여 형성되었다. 남성들은 긴 흰색 로브인 '타웁(Thawb)'과 머리에 쓰는 둥근 모양의 흰색 또는 붉은색 '거타(Ghutrah)'를 착용하며, 목에 두르는 무늬가 있는 두꺼운 스카프인 '이갈(Iqal)'로 거타를 고정한다. 또한 거타를 고정하는 부분에 따라 사회적 지위나 지역적 특색 등을 나타낼 수 있다.

2014년 사우디아라비아 리야드 라마단이 끝난 후 이프타

여성들은 이슬람의 경건한 분위기를 유지하면서도 자신의 개성을 살릴 수 있는 다양한 전통 복장을 착용한다. 일반적으로 검은색의 긴 옷인 '아바야(Abaya)'와 머리에 두르는 '히잡(Hijab)'을 착용하며, 얼굴을 가리는 '니캅(Niqaab)'을 함께 착용하는 경우도 있다. 이러한 전통 복장은 사우디아라비아에서 현대적인 생활과 함께 지속되고 있으며, 이슬람 신앙과 문화를 대표하는 중요한 상징 중 하나이다. 또한, 외국인들이 사우디아라비아를 방문할 때는 전통 복장을 존중하며 착용하는 것이 좋다.

## # Saudization

'Saudization'은 사우디아라비아 정부가 추진하는 국내 노동력 보호 정책 중 하나로, 국내 기업 및 사업장에서 외국인 노동자 대신 국내 노동자를 채용하도록 장려하는 정책이다. 이 정책은 사우디아라비아의 국내 노동시장에서 외국인 노동자 비중이 매우 높은 상황을 개선하고, 국내 노동자의 고용 기회를 늘리는 것을 목적으로 하고 있다. 'Saudization'은 주로 건설, 호텔, 레스토랑, 소매 등 서비스 산업 분야에서 집중적으로 추진되고 있으며, 이를 위해 국내 기업 및 사업장에는 일정 비율의 국내 노동자 채용이 의무화되고 있다.

'Saudization'의 추진은 국내 노동시장에서 외국인 노동자 비중을 낮

추는 효과를 가져왔지만, 외국인 노동자들은 국내 노동시장에서의 고용 기회가 줄어들어 어려움을 겪는 상황이 되기도 한다. 또한 국내 노동자들도 일부분에서는 채용되지 않을 수 있는 문제가 발생하기도 한다.

## # 사우디아라비아 결혼 풍습

사우디아라비아 리야드에 근무하면서 리야드 법인의 PRO인 Mr. 모하메드의 딸 결혼식에 참석한 적이 있다. 저녁 8시에 결혼식을 한다고 해서 시간에 맞춰 결혼식을 하는 장소로 갔는데 결혼식을 할 기미조차 보이지 않았다. 흥겹게 춤을 추고 노는 시간이 이어지다가 밤 11시가 되어서야 음식이 나오면서 결혼식이 시작되었다.

결혼식은 사우디아라비아에서 매우 중요한 가족 행사 중 하나이며, 그들의 문화와 전통을 나타내는 중요한 부분이다. 사우디아라비아의 결혼식은 굉장히 화려하며, 가족, 친구, 이웃, 동료 등 수백 명 이상의 손님이 참석하기도 한다. 결혼식 준비는 여러 단계로 이루어지며, 일반적으로 약 6개월에서 1년 정도의 시간이 소요된다.

먼저, 신랑 측과 신부 측은 '카바(Mahr)'라고 불리는 일종의 신부 가치를 협의하고, 결혼식 당일에는 신랑 측과 신부 측의 가족들이 모여서 '마흐리(Mehri)'라고 불리는 결혼 계약을 체결한다.

결혼식 당일, 신부는 아바야와 히잡을 차려입고 머리에는 화려한 액

2014년 사우디아라비아 법인 직원 자녀 결혼식 전 그룹 댄스

세서리를 달고 신랑의 집으로 향한다. 신랑은 타웁과 거타를 입고, 이갈로 거타를 고정하며 신부를 기다린다. 이후 신부와 신랑이 '베두인(Bedouin)' 부족에서 온 전통적인 춤인 '알-애디야(Al-Arda)'를 추면서 결혼식이 시작된다.

결혼식에는 다양한 음식과 음료, 디저트 등이 제공되며, 이는 손님들을 환대하는 사우디아라비아 문화의 중요한 부분이다. 또한, 신부와 신랑은 서로에게 선물을 교환하며, 노래와 춤을 즐기면서 손님들과 함께 즐거운 시간을 보낸다.

# # 사우디아라비아 리야드 지하수

사우디아라비아의 수도인 리야드는 사막지대에 위치하고 있어 물이 매우 부족한 지역이다. 그래서 리야드는 수자원을 확보하기 위해 다양한 방법을 시도하고 있다.

가장 대표적인 방법은 바로 해수담수화 정책이다. 리야드는 인근 해안에서 바닷물을 가져와 해수담수화 공장에서 처리하여 식수로 변환하는데, 이 방법은 대량의 식수를 확보할 수 있어 매우 효과적이며, 리야드의 식수 공급의 대부분을 차지한다. 또한, 사우디아라비아 정부는 리야드를 비롯한 다른 지역에서도 식수원 개발을 진행하고 있다. 예를 들어, 리야드에서 남쪽으로 약 120㎞ 떨어진 지역에는 '알-카라'라는 대규모 식수원이 있는데 이 식수원은 지하수를 활용하여 농업용 물과 식수를 공급하고 있다.

사우디아라비아의 수도 리야드는 사막지대에 위치해 있어 매우 건조한 지역이지만 이 지역에는 지하수 외에도 광천수라는 소중한 자원이 있다. 광천수는 지하수와는 달리 지표면에서 물이 나오는 천연수원으로, 사막 지역에서 극히 드물게 발견된다. 사우디아라비아에서는 이러한 광천수를 효율적으로 관리하기 위해 수로를 건설하고 있다. 특히 리야드 지역에는 '알-하야트'라는 대규모 광천수가 있다. 이 광천수는 지하 120m 이상에서 유래되는 물이다. 이 광천수는 1일 평균 4천만 톤의 물을 공급할 수 있으며, 현재 리야드의 식수 공급의 대부분을 차지

2014년 사우디아라비아 리야드 지하수

하고 있다. 사우디아라비아에서는 광천수를 보존하고 유지하기 위해 다양한 노력을 기울이고 있다. 광천수의 수질을 유지하기 위해 정기적으로 수질 검사를 실시하고, 지하수 오염을 막기 위해 산업체와 시설을 감시하고 있다.

## # 사우디아라비아 인구

2021년 기준으로 사우디아라비아의 순수 내국인 인구는 약 2천4백만 명으로 전체 인구의 약 71%에 해당된다. 대부분은 아랍계로 이루어져 있으며, 이들은 사우디아라비아의 정치, 경제 및 문화생활에서 중요한 역할을 담당한다.

사우디아라비아의 내국인은 교육, 고용, 주거 등에서 우대를 받는다. 정부는 국내 인력 양성 및 창업 촉진을 위한 다양한 정책을 내놓아 국내 인력의 경쟁력을 높이는 데 많은 노력을 기울이고 있다.

사우디아라비아 현장 외국인 근로자

2021년 기준으로 사우디아라비아의 거주 외국인 수는 약 천만 명 이상이다. 이는 전체 인구의 약 29%에 해당된다. 대부분은 남아시아 출신의 노동자들이며, 인도, 파키스탄, 방글라데시, 인도네시아, 필리핀, 스리랑카 등에서 온 이들이 큰 비중을 차지한다.

사우디아라비아는 지난 수십 년간 원유 수출 등으로 인한 경제 발전으로 인구가 증가하고, 더불어 외국인 노동자의 수요가 높아졌다. 이들 외국인은 주로 건설, 서비스, 농업 등의 분야에서 일하고 있으며 최근 사우디아라비아 정부는 국내 인력 양성 및 창업 촉진을 위한 정책을 내놓아 외국인 비중을 낮추기 위한 노력을 기울이고 있다.

## # 사우디아라비아 리야드 킹덤 컴파운드

사우디아라비아에는 '컴파운드'라고 불리는 외국인들을 위한 특별한 주거시설들이 여러 곳 있다. 리야드 시내에도 몇 개의 외국인 전용 컴파운드가 있었는데 그중에서 '킹덤 컴파운드'가 가장 오래되었다. '킹덤 컴파운드'는 규모도 가장 크고 내부 시설이 좋아서 입주하기가 어렵다.

내가 사우디아라비아 리야드 타다울 타워 현장소장으로 부임하면서 사우디아라비아 주재원으로 있던 후배직원이 귀국하게 되어 그 집을 이어받아 이곳에서 살게 되었다.

이 컴파운드 시설들은 외국인을 대상으로 한 고급 주거 지역으로, 빌라와 아파트 등 다양한 유형의 주거 시설을 제공한다.

컴파운드 내에는 수영장, 볼링장, 당구장, 스쿼시코트, 농구장, 체육관, 테니스 코트, 놀이터 등 다양한 편의 시설을 갖추고 있다. 또한, 컴파운드 내에는 슈퍼마켓, 레스토랑, 꽃집 등 다양한 상업 시설이 있어 편리한 생활을 할 수 있다.

리야드 킹덤 컴파운드는 전통적인 아라비아 양식으로 디자인되어 있으며, 아름다운 정원과 물 연못이 있는 경치도 눈길을 끈다. 고급스러운 인테리어와 첨단 가전제품을 갖춘 주거 시설은 외국인 가족들에게 인기가 많다.

이곳 컴파운드에는 몇 개의 레스토랑이 있는데 전화로 주문해서 룸서비스를 받을 수도 있고, 특히 컴파운드 레스토랑에서는 음주가 가능하기 때문에 집에서 만든 와인을 가져와서 현장의 직원들을 이곳으로 초대해서 함께 마시곤 하였다.

사우디아라비아 리야드 킹덤 컴파운드

리야드 킹덤 컴파운드는 사우디아라비아에서 가장 안전한 주거 지역 중 하나로 평가되며, 사우디아라비아 군인들이 정문에서 머신건으로 무장하고 경비를 서고 있어서 입주민들은 안심하고 생활할 수 있다.

## # 리야드 G.C(Riyadh Golf Courses)

사우디아라비아 리야드 타다울 타워 현장에 근무하면서 휴일에 리야드 G.C에서 라운딩하였다. 차로 집에서 약 20분 거리에 있어서 이용하기에도 매우 편리하였다. 회원권은 정규 회원권 이외에도 50회 티켓으로도 판매하여서 주로 이 티켓 회원권을 구매해서 이용하였다.

리야드 G.C는 리야드에서 오래된 골프장 중 하나이다. 이 골프장은 1988년에 개장하여, 오랜 역사와 전통을 자랑하며 많은 골퍼들이 방문한다.

이 골프장은 국제적인 대회나 행사에도 자주 사용되며, PGA 유럽투어의 일부로도 선발되기도 한다. 리야드 G.C는 넓은 면적과 자연스러운 레이아웃, 그리고 다양한 어려움이 담긴 홀들로 구성되어 있다.

리야드 G.C

# 중동 음식들

사우디아라비아에서 외식을 하려면 기도 시간을 잘 피해야 한다. 기도 시간에는 대부분의 식당이 문을 닫으며, 이미 식당에 들어간 뒤라도 기도 시간에는 식당 문을 닫기 때문에 밖으로 나갈 수가 없어서 기도 시간이 끝날 때까지 기다려야 한다.

또한 대부분의 식당들이 남녀를 구분해서 이용하게 되어 있고, 가족의 경우 남녀가 함께 이용할 수 있는 패밀리 존이 따로 구획되어 있다.

사우디아라비아 리야드에 살면서 중동 음식점 중에서 실내가 넓고 깨끗한 레바논 식당인 '카람 베이루트' 식당을 주로 이용하였다. 사우디아라비아 리야드 타다울 타워 현장의 JV 파트너사 사장단이 레바논 사람들이라서 이들과 함께 자주 찾았다. 레바논은 중동 요리의 중심지 중 하나로, 풍부한 조미료와 신선한 재료로 만들어지는 전통 음식들이 유명하다. 중동 음식의 종류로는 다음과 같은 것들이 있다.

- 메제 : 작은 접시에 담긴 다양한 종류의 요리를 말한다. 레바논 요리의 대표적인 요리 중 하나로, 알코올음료와 함께 즐기기에 좋은 음식이다. 메제는 다양한 종류의 생선, 육류, 채소, 나물 등으로 만들어지며, 다양한 조미료와 함께 맛을 내는 것이 특징이다.
- 할루미 치즈(Halloumi Cheese) : 레바논을 비롯한 중동 지역에서 매우 유명한 치즈로, 소금물에 절인 치즈를 구운 후 즉석에서 즐

기는 것이 일반적이다. 특유의 탱글한 식감과 짭조름한 맛이 특징이다.

2014년 리야드 레바논 레스토랑 카람 베이루트의 중동 음식

- 후무스(Hummus) : 레바논의 대표적인 나물 요리로, 콩과 참깨, 올리브오일 등으로 만든 페이스트를 빵이나 채소와 함께 즐기는 것이 일반적이다. 부드러운 식감과 풍부한 참깨 향이 특징이다.
- 페퍼 스테이크(Pepper Steak) : 레바논에서 매우 인기 있는 요리 중 하나로 얇게 썬 소고기를 매운 페퍼 소스와 함께 구워 맛을 내며, 채소나 빵과 함께 즐기는 것이 일반적이다.
- 샤와르마 : 얇게 썬 고기를 스파이스와 함께 구운 후 빵에 싸서 즐기는 요리로, 레바논을 비롯한 중동 지역에서 매우 유명하다. 고기는 양고기, 치킨, 소고기 등 다양한 종류를 사용하며, 다양한 채소와 함께 싸서 즐기는 것이 일반적이다.

- 필라프(Pilaf) : 쌀, 육류, 야채, 과일 등을 혼합하여 조리한 복합적인 요리다.
- 케밥(Kebab) : 고기를 꼬치에 꽂아 구운 요리로, 양꼬치, 치킨케밥, 쇠고기케밥 등이 대표적이다.
- 타비쿰(Tabbouleh) : 파슬리, 민트, 토마토, 양파, 올리브오일, 레몬 등을 혼합하여 만든 레바논식 샐러드다.

## # 이슬람 5대 규율

- 샤하다(Shahada) : "나는 증언하노니 하나님은 유일하시며, 무슬림은 모하메드가 하나님의 사도임을 증언하노라"라는 신앙 고백이다. 이는 이슬람 신앙의 핵심을 담고 있다.
- 살라트(Salat) : 이슬람의 다섯 가지 의무 기도이다. 일상생활 속에서 정해진 시간에 기도를 수행해야 한다. 기도를 통해 모든 무슬림은 하나님과의 교감을 유지할 수 있다.
- 장크(Zakat) : 재산에 대한 자선금을 의미한다. 이는 개인의 재산 중 2.5%를 기부하는 것을 의미한다.
- 사움(Sawm) : 이슬람의 라마단(Ramadan) 기간 동안 금식하는 것을 말한다. 이는 모든 무슬림들이 같은 시간에 교감하고, 인내와 자제력을 키우는 기회이다.

- 하지(Pilgrimage) : 모든 무슬림들은 인생에서 한 번쯤은 메카로 가서 성지순례를 해야 한다. 이는 이슬람의 가장 중요한 신앙 행사 중 하나이며, 메카로 순례하는 것을 통해 모든 무슬림들은 일종의 공동체 의식을 공유할 수 있다.

## # 이슬람 성지

이슬람에는 여러 가지 성지가 있지만, 그중에서도 가장 중요한 세 곳을 이슬람 성지라고 한다.

- 메카(Makkah) : 이슬람의 가장 중요한 성지로, 이슬람의 대표적인 성지이다. 매년 무슬림들이 이곳으로 순례한다. 이슬람의 기원인 카바(Kaaba)가 있는 곳으로, 이슬람 신앙에서 가장 신성한 장소 중 하나이다.
- 메디나(Madinah) : 이슬람의 두 번째 성지로, 선지자 모하메드의 유해가 있는 곳이다. 이슬람 신앙에서는 모하메드의 정신적인 후계자인 칼리프가 이곳에서 선출되었다.
- 예루살렘(Jerusalem) : 이슬람의 세 번째 성지로, 이슬람 신앙의 기원 중 하나인 선지자 모하메드가 이곳에서 하느님의 영감을 받았다고 전해진다. 알-아크사 모스크(Al-Aqsa Mosque)가 있는 곳

으로, 이슬람에서는 세계에서 가장 오래된 모스크 중 하나이다.

메카 성지순례

## # 리야드 한인교회(안디옥교회)

이슬람 종주국인 사우디아라비아에도 한국인들이 다니는 기독교 교회가 있다. 이슬람 국가는 금요일이 예배를 드리는 주일이다. 휴일도 금요일이다. 그러다 보니 한국인 교회의 주일 예배도 금요일에 드리게 된다. 사우디아라비아 리야드에 있는 한국인 교회인 안디옥교회는 빌라주택을 임대해서 교회로 사용하고 있다.

사우디아라비아 축구 프로리그에서 활동했던 이영표 선수도 이 교회에 다녔고, 조진웅 목사님과 약 50여 명의 신도가 있었다. 특히 금요

2014년 사우디아라비아 리야드 안디옥교회

일 주일 예배를 마치면 모두가 한자리에 모여 점심 식사를 같이하면서 담소를 나누는 모습이 보기 좋았다.

## # 함무르 회 파티

아라비아 반도 한복판에 위치한 사우디아라비아의 수도 리야드로부터 홍해 쪽의 제다항까지의 거리는 1,200㎞이고, 아라비아해 쪽의 담맘항까지는 약 600㎞ 정도의 거리이다. 리야드 어시장에서 단연 인기 있는 것은 함무르다.

리야드만 해도 바닷가에서 멀리 떨어져 있기 때문에 살아 있는 함무르는 구할 수가 없다. 그래서 사우디아라비아 담맘 현지 지리에 능숙한 인도인 운전수 Mr. 라후를 담맘으로 보내서 살아 있는 함무르를 사 오면 부산 출신 관리팀장이 직접 회를 떠서 현장 직원들이 함무르 회 파티를 벌이곤 하였다.

사우디아라비아에서 인기 있는 어종인 함무르

## # 리야드 메트로

내가 현장소장으로 타다울 타워에 근무하던 중에 리야드 메트로를 1호선에서 6호선까지를 동시에 건설한다는 소식이 돌았다. 현장의 물류가 어려웠던 터라 은근히 걱정이 되었다. 가뜩이나 리야드 도로가 복잡한 상태에서 메트로 6개 노선을 동시에 작업하려면 리야드 도로가 마비될까 걱정이 되었는데, 곧바로 현실이 되었다.

그리고 얼마 후 삼성물산은 6개 노선 중 3개 구간, 64㎞를 스페인 건설회사 등과 컨소시엄 형태로 수주하였고, 토목사업부의 대규모 리야드 현장팀이 꾸려졌다.

리야드 메트로는 사우디아라비아 최초의 메트로 건설현장이자 리야드 최초의 대중교통 시스템으로 도심 내 168㎞에 달하는 6개 노선이 한꺼번에 공사를 벌였다. 가뜩이나 리야드 도로가 복잡한 상태에서 지하철 공사를 순차적으로 하지 않고, 동시에 하는 것은 매우 무리한 계획이었지만 우여곡절 끝에 지금은 완공 단계에 이르렀다.

이 사업은 '비전 2030'의 일환으로 추진 중인 사우디아라비아 핵심 교통사업으로 대중교통이 없는 리야드의 도심 교통난 해소와 과도한 석유 소비량 감소를 위해 압둘라 빈 압둘아지즈 전 국왕이 직접 지시한 사업이다.

K.A.F.D와 만나는 리야드 메트로 역사

## # 사우디아라비아 리야드 도로 환경 및 자동차 운전 습관

사우디아라비아의 수도인 리야드의 인구는 약 650만 정도 된다. 도로는 도심에 남북으로 세 축의 도로가 있다. 중앙에 킹파드 로드와 우측의 올레야 로드, 그리고 좌측의 다카스시 로드가 있다. 대부분의 도로가 격자형이고 비교적 널찍하게 설계되어 있으나 워낙 차량이 많아서 중심부 도로들은 금요일 휴일을 제외하고는 늘 교통 체증에 시달린다. 요령 있는 운전자들은 이면도로를 요리조리 빠져 다니면서 교통 체증을 피해 다니기도 한다.

사우디아라비아 리야드 중심 도로

내가 근무할 당시까지만 해도 여성의 운전이 허락되지 않았다. 그런데 리야드 시내에 있는 리야드여자대학교 캠퍼스 한편에 대규모 주차장이 있다. 여대생 대신에 제3국의 운전수들이 운전을 해 주기 때문에 주차장이 필요했던 것이다.

리야드 시내 대부분의 사거리에는 신호 위반 단속용 카메라가 여러 대 설치되어 있다. 리야드 시내에서 주행하는 로컬 자가운전자들의 운전 습관은 난폭하고, 무개념 그 자체이다. 1차선에서 5차선까지, 또는 5차선에서 1차선으로 깜빡이 등도 켜지 않은 채 칼질하듯 차선을 바꾸는 것은 다반사다. 4차선에서 1~3차선에 대기하던 차량을 무시하고 좌회전을 하는 일도 많고, 아무 데서나 깜빡이 등을 아예 켤 생각도 안 하고 끼어든다. 운전 습관은 여느 후진국 저리 가라 할 정도이다.

자동차 값도 비교적 저렴한 편인 데다가 휘발유 값이 물 값보다 훨씬 저렴한 리터당 140원 정도니까 자동차 유류대는 거의 신경 안 써도 될 정도다.

## # 고속도로와 낙타 사고

사우디아라비아 근무 중에 안타까운 사고가 있었다. 담맘 근교의 플랜트 현장에 근무하던 OJT 사원이 1년 동안의 근무를 마친 뒤 귀국을 하루 앞두고, 현장 선배들과 담맘 시내에 나가서 저녁을 먹고 고속도로를 이용해 귀가하던 중 타고 가던 차량과 고속도로를 무단 횡단하던 낙타 떼가 충돌하고 말았다. 이 교통사고로 인도인 운전수와 신입사원, 부장인 현장 선배 등 3명의 아까운 인명 피해가 났다. 정말로 어이없는 사고였다. 원래 낙타는 고속도로를 횡단하면 안 되나 이날따라 대규모 낙타 떼를 몰던 목동이 한밤중에 고속도로를 횡단하여 발생한 사고였다.

사우디아라비아 리야드~담맘 간 고속도로와 낙타 침입 방지 철조망

## # 대추야자와 메르스

2015년 사우디아라비아 리야드 타다울 타워에 근무하면서 '메르스' 즉 중동 호흡기 증후군이라는 신종 질병으로 고통을 받았다. 말레이시아 현장에 근무할 때는 콕사키 바이러스로, 대만에 근무할 때는 사스(SARS)로 각각 고통을 받았다. 사우디아라비아를 비롯한 중동 지역에서 집중적으로 발생한 감염성 질환인 이 증후군은 'Middle East

Respiratory Syndrome'의 첫 자를 따 '메르스'라고 불린다. 메르스는 신종 베타코로나 바이러스에 의한 감염증으로, 2003년 발생한 중증 급성 호흡기 증후군인 사스와 유사하지만 치사율이 40% 정도로 높은 편이었다.

이 메르스가 한창일 즈음 한미 지사장으로 나와 있으면서 교류가 있었던 우○○ 지사장이 복막염으로 입원을 하게 되었고 개복을 하는 큰 수술을 받았는데, 이때가 메르스가 피크일 때라서 교민들의 우려가 매우 컸다. 다행히도 회복은 되었지만 사우디아라비아 병원에서 개복수술을 하면서 ㄴ 자 모양으로 20㎝ × 20㎝를 절개했던 그분의 수술 자국이 지금도 눈에 선하다.

메르스는 대추야자 열매를 박쥐들이 먹으면서 옮긴다는 소문이 있어서 한동안 먹지 못했다.

사우디아라비아산 대추야자

# 8

# 방글라데시

2020년 3월~2022년 2월

# 방글라데시 개요 # 다카 국제공항 터미널3 # 방글라데시 섬유산업 # 다카 아스트론
# 방글라데시 양식 진주 # 방글라데시 도자기 공장 # 방글라데시 릭샤 # 굴산 대사관 지구
# 방글라데시 클럽 문화 # 꾸미똘라 골프장 # 방글라데시 한인회 # 아리랑 격납고와 영원무역
# 코로나 팬데믹 # 묵다가차 농장 # 라마단과 이슬람 축제 # 치타공 항구
# 방글라데시 벽돌 공장 # 뱅골만 삼각주 # 방글라데시 콕스바자르 로힝야 난민촌

## # 방글라데시 개요

방글라데시는 남아시아의 국가 중 하나로, 인도와 미얀마 사이에 위치하고 있다. 인구는 약 1억 7천만 명으로 세계에서 인구 밀도가 매우 높은 국가 중 하나이다. 방글라데시의 주요 산업은 섬유, 의류, 가죽 등이며, 농업도 중요한 역할을 한다. 인프라와 교육 수준 등에서도 뒤처진 면이 있다.

방글라데시 대사님 현장 방문 때 받은 머그 컵

방글라데시는 다양한 역사와 문화를 지니고 있다. 이슬람, 힌두교, 불교 등 다양한 종교와 문화가 공존하고 있으며, 다양한 언어와 전통문화도 이어져 있다. 또한 자연환경도 다양하다. 방글라데시는 국가적으로 남녀평등과 인권을 존중하는 데 많은 노력을 기울이고 있으며, 최근에는 여성들이 사회 및 경제적으로 더욱 활발하게 참여하고 있다. 그러나 여전히 교육과 경제적 발전, 보건 등 분야에서 많은 과제가 남아 있다.

방글라데시 다카 시내에는 아직도 'UN' 마크가 붙은 차량들이 다니고 있다. 아마도 UN에서 군수 물자를 지원받고 있는 듯 보인다.

또한 방글라데시에는 '최빈국'이라는 지위를 이용하여 제약 특허로부터 자유롭다는 이점을 살린 제약산업이 발달되어 있다. 방글라데시는 복제약을 특허 관계없이 얼마든지 생산할 수 있어서 방글라데시에서 만든 복제약을 역으로 인근 국가에 수출을 하고 있는 점은 아이러니한 부분이다.

방글라데시 곳곳에서 도로 공사, 메트로 공사, 공항 공사 등 인프라 구축을 위한 역동적인 모습들을 볼 수가 있다. 최근의 방글라데시 연평균 GDP 성장률은 6.4%로 필리핀, 인도네시아, 인도 등의 국가보다 앞서고 있으며, 1970년대의 대한민국을 보는 느낌이 들 정도이다.

방글라데시 근로자들은 1993년 말레이시아 현장에서부터 함께 일을 해 온 터이고, 그 이후에도 거의 모든 현장에서 단골로 만난 주력 근로자들이었다. 그런 그들의 나라에 와서 그들과 함께 일하는 기회가 나의 해외 건설 여정 중 가장 뒷부분에 찾아오게 되었다.

### # 다카 국제공항 터미널3

방글라데시 다카 국제공항은 기존 여객터미널이 작고 노후화되어서 새로운 터미널3을 신축 공사하고 있다.

방글라데시 다카 국제공항

다카 국제공항 공사비는 약 18억 5천만 불이고, 삼성물산 89.3%, 미쓰비시 2.8%, 후지타 7.9%의 콘소시움 형태이다. 공사 개요는 연면적 368,363㎡, 터미널3과 수출입 화물터미널, 소방서 등 부속동 건물을 포함한 공항의 지반개량, Apron, Taxiway 포장, 고가도로 공사 등이다.

다카 국제공항의 터미널3 신축공사는 일본국제협력기구(JICA, Japan International Cooperation Agency)의 지원을 받아서 삼성물산과 일본의 미쓰비시가 함께 공사를 진행하고 있다. 일본의 자금을 빌리는 대신 공사는 일본 업체가 참여하는 조건이라서 입찰 당시 삼성물산은 몽골의 공항과 같은 형태로 일본의 미쓰비시와 JV로 참여하였고 스미즈 JV를 제치고 이 공사를 수주하게 되었다.

신축공사가 진행 중인 터미널3은 기존의 터미널1과 터미널2보다 훨씬 크고 현대적인 디자인으로 설계되어 있다. 새로운 터미널에는 20개 이상의 게이트를 갖추고 있으며, 향후 예상되는 국내외 항공편 증가에 대응하기 위해 새로운 승객 처리 시설과 고급 호텔, 상업 공간 등이 함께 설치될 예정이다.

방글라데시 다카 국제공항 터미널3 신축공사 현장

다카 국제공항은 2024년 말에 준공 예정이며, 준공 후 다카 국제공항의 총 승객 처리 능력은 약 2,000만 명 이상으로 증가할 것으로 예상된다.

이 다카 국제공항 터미널3 신축공사 현장은 개인적으로 해외에서 사우디아라비아 리야드의 '타다울 타워' 현장과 인도 뭄바이의 '다이섹 콤플렉스' 프로젝트에 이어 세 번째로 현장소장으로 근무하면서 정년을 맞이한 의미 있는 프로젝트이다. 정년을 맞으면서 준공까지 마무리하지 못했지만 후배 소장이 이어받아 현재까지 공사가 진행 중으로 방글라데시 로컬 스태프들이 SNS에 올려놓는 공사 진행 사진들을 지켜보면서 프로젝트의 성공을 바라고 있다.

## # 방글라데시 섬유산업

방글라데시는 주요 의류 수출국 중 하나이다. 방글라데시의 섬유산업은 가격이 저렴하고 질이 좋은 의류 생산으로 유명하다.

특히 방글라데시는 직물 가공업이 '국부(國富)'로 불릴 정도로 방글라데시 산업에서 차지하는 비중이 높다. 2020년 현재 의류 봉제업 수출은 중국에 이어 세계 2위로, 현재 약 4백만 명이 직물 가공업 관련 회사에 고용되어 일하고 있으며, 이 중 90%는 여성이다. 아침에 다카 시내로 출근하다 보면 여공들이 줄을 지어 출근하는 모습들을 쉽게 볼 수 있다.

방글라데시의 섬유산업에서는 대개 소규모 기업들이 운영되며, 수작업으로 진행되는 경우도 많다. 주로 면, 폴리에스터, 나일론 등의 소재를 사용하며, 대부분의 기업들이 판매를 위해 외국 기업들과 계약을 맺고 있다. 그러나 섬유산업의 발전과 함께 환경오염, 노동자 인권 등의 문제가 발생하고 있다. 섬유공장들은 대개 적은 보안조치와 안전조건에서 운영되며, 불안전한 작업 환경과 불법적인 노동력 사용, 노동자의 권리 침해 등의 문제가 제기되고 있기도 하다. 따라서 방글라데시 정부와 국제기구들은 이러한 문제에 대한 대책을 마련하고 있으며, 섬유산업의 지속 가능성을 위해 다양한 개선 방안을 모색하고 있다.

방글라데시 영원무역 섬유공장(영원무역 홈페이지)

## # 다카 아스트론

다카에는 '아스트론'이라는 상호명의 의류 가게가 있다. 이곳에 가면 전 세계 유명 명품 브랜드의 의류를 저렴하게 구입할 수 있다. '버버리' 등 전 세계 명품의 태그도 그대로 붙어 있다. 휴가 때 이곳에서 유명 브랜드 의류를 싸게 구매해서 한국의 지인들에게 선물하였다. 이곳이 불법 유통을 하는 거라면 가게가 유지되지 못할 텐데, 어떤 경로로 이런 유명 브랜드가 유통되는지는 잘 알지 못하지만 유명 브랜드 태그와 함께 의류의 질도 좋으니 자주 구입하게 되었다.

다카 아스트론에서 판매하는 유명 브랜드 제품

## # 방글라데시 양식 진주

방글라데시에서는 양식 진주를 저렴하게 구입할 수 있다. 양식 진주는 실에 꿰어 크기별로 판매한다. 10줄을 사서 서울의 보석 가공점에 맡겼는데 양식 진주 진품은 맞는데 전문가가 보니 스크래치 난 부분들이 많아서 그중에서 괜찮은 걸로 골라서 진주 목걸이 2개를 만들었다. 한국의 백화점에서 가격을 알아보면 보통 진주 목걸이가 150만 원에서 1,000만 원 사이인데 다이아몬드 등이 포함되지 않으면 200~300만 원대면 살 수 있다. 방글라데시에서 구입한 진주로 만든 2개의 목걸이는 가공비 포함해서 50만 원 정도이다.

방글라데시 양식 진주

## # 방글라데시 도자기 공장

방글라데시 다카에는 대규모 도자기 공장이 2개가 있다. 이들 공장에서는 유럽의 명품 도자기들을 OEM 방식으로 생산하고 있다. 점토 원료와 공장 시설은 공통으로 사용하되 모양을 만드는 몰드는 각각의 브랜드별로 지원을 받아서 생산하는 방식인 것 같았다.

한국의 교민들은 이들 공장에 자주 들러서 좋아하는 도자기들을 구입하고 있었다. 내가 알고 지냈던 다카의 몇몇 게스트하우스에 가면 쉽게 유럽의 명품 브랜드 도자기들을 볼 수가 있었고, 이런 부분이 방글라데시 생활의 여러 가지 메리트 중의 한 부분이었다.

평소에 유럽의 명품 도자기에 관심이 많아서 나도 게스트하우스 사장

방글라데시 다카 도자기 공장 내부 쇼룸

님의 도움을 받아 직접 공장을 방문해서 내부 시설을 견학하였다. 공장 내부에 있는 쇼룸에는 이들 공장에서 생산하는 제품들을 전시하고 있고, 이들 제품들을 주문하면 2~3주 후에 제품을 받아 볼 수 있다. 이곳에서 몇몇 제품을 주문해서 한국에 가져와 며느리에게 선물로 주었다.

## # 방글라데시 릭샤

방글라데시 근무를 위해 다카에 갔을 때 사람들이 직접 발로 페달을 밟아 움직이는 릭샤들이 인도의 오토 릭샤와 대조적이었다. 방글라데시의 릭샤는 인력 운반차의 일종으로, 대개 세 바퀴로 이루어져 있으

방글라데시 릭샤(인력거)

며, 릭샤는 주로 도심 지역에서 이용되며, 작은 거리나 좁은 골목길에서 유용하다.

릭샤는 방글라데시에서 가장 보편적인 대중교통 수단 중 하나이며, 그 수는 수백만 대까지 이른다. 이러한 릭샤는 저소득층의 이동 수단으로서 매우 중요한 역할을 한다.

## # 굴산 대사관 지구

'굴산' 대사관 지구는 방글라데시 수도 다카에 위치한 대사관 및 외교 기관들이 위치한 지구이다. 이 지역은 국제 무역과 외교를 촉진하기

코로나 록다운으로 차량 운행이 중지된 굴산 대사관 지구

위한 중요한 지역 중 하나이며, 굴산 외교가의 일환으로 개발되었다.

굴산 대사관 지구는 다양한 외교 기관과 대사관, 협회 및 비즈니스 기관 등이 위치하고 있다. 이 지역은 방글라데시에서 현대적인 건물과 시설을 많이 갖춘 지구 중 하나이며, 많은 국제적인 무역 및 비즈니스 관련 행사와 박람회가 열리는 중요한 장소이다. 또한, 굴산 대사관 지구에는 다양한 레스토랑, 바, 클럽, 호텔 등의 엔터테인먼트 시설과 쇼핑몰, 슈퍼마켓 등의 상업 시설이 많아 외국인들과 국내 주민들이 많이 방문하는 지역이다. 이러한 이유로, 굴산 대사관 지구는 방글라데시에서 많이 번화한 지역 중 하나이며, 다양한 문화 교류가 이루어지는 곳이다.

## # 방글라데시 클럽 문화

방글라데시 다카에는 여러 국적의 클럽들이 있다. 아메리칸 클럽, 영국 클럽, 독일 클럽, 노르웨이 클럽 등이 있다.

나는 집에서 가까운 독일 클럽을 주로 이용하였다. 회원 가입비를 내고, 매월 충전 머니를 채워 넣고 클럽에서 사용하는 식대와 수영장, 테니스코트, 김나지움의 이용 비용을 공제해 나가는 방식이다.

다카 독일 클럽에는 테니스 레슨 코치가 상주하고 있어서 시간만 예약하면 언제든지 테니스 레슨을 받을 수 있다. 클럽 입구에 있는, 1주일 분량의 타임이 적힌 보드에 회원 이름이 적힌 태그를 꽂으면 그 타임에 와서 테니스 경기를 하거나 테니스 레슨을 받을 수가 있다.

방글라데시 다카 독일 클럽

다카 국제공항 현장에 근무하면서 코로나 팬데믹으로 한동안 골프장까지 셧다운을 하였으나 다카에서 유일하게 독일 클럽은 문을 닫지 않았다. 독일 국적이 아니라서 클럽 회원 가입이 쉽지 않았지만 어렵사리 회원으로 가입해서 퇴근 후 테니스 레슨을 받으면서 운동 겸 리프레시를 하였다.

클럽 내 레스토랑은 실내 바와 옥외 테라스 레스토랑으로 되어 있고, 매주 화요일에는 옥외 화덕에서 굽는 피자 스페셜 데이를 운영한다. 이슬람 국가인 방글라데시는 주류 판매가 엄격히 금지되어 있지만 외국 클럽에서는 주류 판매와 음주가 가능해서 한국 후배 직원들 몇몇과 함께 퇴근 후나 휴일에 테니스 복식을 치고 와인이나 맥주로 회포를 풀곤 하였다.

## # 꾸미똘라 골프장

꾸미똘라 골프장은 방글라데시 다카 시내에 위치한 골프장이다. 1960년에 개장한 방글라데시 내 최초의 골프장으로, 방글라데시 내에서 아주 유명하고 인기 있는 골프장 중 하나이다.

방글라데시 다카 국제공항 현장에 근무하면서 주로 이 꾸미똘라 골프장을 이용하였다. 집에서 불과 10분 거리에 있고, 예약이 필요 없이 선착순이기 때문에 아무 때나 가서 바로 칠 수가 있어서 매우 편리하였다. 그리고 인도와 달리 방글라데시는 골프 치는 현지인이 많지 않

방글라데시 다카 꾸미똘라 골프장

아서 혼잡한 편도 아니다. 카트도 있지만 1인 1캐디로 캐디가 백을 운반하면서 공도 봐주고, 클럽도 나눠 주기 때문에 주로 걸어 다니면서 라운딩을 하게 된다. 비용은 1회 5만 5천 원 정도이고, 캐디피는 18홀 라운딩 후 200다카(3천 원)에서 300다카(4천 원) 정도 지불한다.

꾸미똘라 골프장은 다양한 난이도의 18홀과 넓은 연습장, 골프샵, 레스토랑 등을 갖추고 있으며, 매년 다양한 대회와 이벤트가 개최된다.

꾸미똘라 골프장은 방글라데시 공군 소속의 골프장으로, 군인들을 위한 골프장으로 골프장이 공군 기지 내에 위치하고 있어서, 군인들뿐만 아니라 방글라데시 공군 관계자와 가족, 그리고 군사 관련 기관 직원들도 이용할 수 있다. 그러나 군인들만을 위한 골프장이 아니며, 군인이 아닌 사람들도 골프를 즐길 수 있도록 개방하고 있다.

## # 방글라데시 한인회

해외 8개 나라에서 근무를 하면서 한인회 교민들과 교류를 해 본 기회는 많지 않다. 그래도 개인적으로 가장 많은 교류가 있었던 나라는 아마도 방글라데시일 것 같다. 인도에서는 6년을 살았지만 신한은행 지점장이 한인회장을 맡을 정도로 뭄바이의 한인회 인원이 적은 데 반해 방글라데시는 오래전부터 정착해서 살고 있는 한인 거주자들이 많아서 한인회가 가장 잘 활동하고 있는 나라라고 생각한다. 방글라데시는 섬유산업이 발달되어 있는 나라라서 특히 섬유산업과 관련된 교민들이 많은 편이다.

다카에 근무하면서 류○○ 한인회장이 다카 국제공항 현장에 방문해서 현장 식당에서 식사도 함께하였고, 꾸미똘라 골프장에서 마주치면 인사를 나눌 정도로 방글라데시 한인회와는 가까이 지냈다. 방글라데시 한인회는 지난 40여 년간 방글라데시에 거주하는 1,500여 명의 동포와 주재원들의 권익 보호와 국격 신장, 본국과 방글라데시의 민간 교류 증대를 위해 노력해 왔다. 방글라데시 한인회는 섬유협의회, 투자자협의회, 요식·숙박·자영업협의회, 건설협의회, 지상사 협의회, 한국선교사회의 6개 직능단체와 우리 차세대의 한글·국사 교육을 위한 한글학교로 구성되어 있으며, 명예회장, 회장, 감사, 부회장(4명), 국장(4명)의 임원진이 있다.

2020년 전 세계적으로 유행한 코로나 팬데믹으로 인해 방글라데시에도 연일 확진자가 증가하고, 동포 대부분의 삶과 일터에도 큰 어려움이 닥쳤다. 방글라데시 정부는 2020년 3월부터 약 6개월간 록다운(Lock-Down)을 선포하고 모든 학교, 정부기관 및 일반 기업의 사무실을 폐쇄하는 한편, 국제선 항공기를 비롯한 모든 대중교통의 운행을 중지하였으며, 수출 주력품인 섬유산업을 비롯한 공장의 가동도 일시 중지시키는 등의 방역 조치를 취하였다. 이에 따라 현지 동포분들이 운영하는 공장들은 물론, 현지의 우리 기업들이 진행하던 대부분의 프로젝트도 지연, 연기되어 동포사회 전체가 경제적, 사회적 어려움을 겪었다.

방글라데시 한인회 또한 계획하였던 일련의 한인회 행사가 모두 취소된 가운데 한인회는 본국으로 일시 귀국하기를 원하는 동포와 주재원들을 위한 비정기 전세기 운항에 주력하고, 대사관과 긴밀한 협력하에 동포사회에 확진자가 발생하지 않도록 최선의 노력을 보여 줬다.

## # 아리랑 격납고와 영원무역

방글라데시 다카 국제공항 현장에 현장소장으로 부임했을 때 다카 국제공항의 격납고 지붕에 크게 '아리랑'이라고 쓰인 모습이 의아했다. 그 궁금증은 곧바로 풀리게 되었다. 방글라데시에는 한국의 수많은 섬유 관련 회사들이 있다. 그중에도 가장 유명한 기업이 영원무역이고 영원무역의 자회사인 아리랑항공의 격납고가 다카 국제공항에 당당히 자리 잡고 있던 것이다.

영원무역은 방글라데시의 EPZ(Export Processing Zone : 수출가공공단)와 별도로 KEPZ(Korean Export Processing Zone : 한국수출가공공단)를 운영하고 있다. 이 공단은 1999년부터 20년 이상 투자하여 조성한 자체적인 공단으로, 전 세계에서 손꼽히는 친환경 공단으로 인정받고 있다. 이 공단에 근무하는 근로자 수는 수만 명에 이른다.

특히 영원무역은 KEPZ 전체 공단의 48%에 해당하는 150만 평 면적을 친환경 녹지로 조성하고 있다. 이러한 영원무역의 방글라데시에 대한 기여와 성기학 회장의 영향력으로 코로나 팬데믹 기간에도 격주에 1회 전세기가 운영하는 데 도움이 되었다.

KEPZ(Korean Export Processing Zone : 한국수출가공공단)

## # 코로나 팬데믹

2020년 2월부터 2022년 2월까지 만 2년간 방글라데시 다카에서 근무하는 동안 내내 코로나 팬데믹으로 고통을 받았다. 현장 초기부터 코로나 록다운으로 현지 근로자들의 출력이 어려워서 아예 현장 안에 수십 개의 컨테이너를 이용한 근로자들의 숙소를 마련해서 가설 공사와 토공사를 시작하여야만 했다.

한국인 직원들도 집단 감염의 공포와 코로나에 걸린 동료 직원들의 입원 및 치료의 고통을 간접적으로 보고 느끼면서, 방글라데시 같은 열악한 환경에서의 근무 자체를 불안해했다. 정기적으로 운항하던 항공편도 중단되면서 해외 근무자들의 휴가가 미루어지고, 한국인 직원들이 묵던 게스트하우스에도 환자가 발생하면서 격리해야 할 병실을 만들고, 특별 병원의 입원실을 미리 예약해서 확보하는 등의 비상조치를 취했다.

프리콘 단계가 끝나고 본 공사가 진행되면서 코로나 팬데믹이 더욱 심각해지자, 근로자들을 구하기가 어려워졌을 뿐만 아니라 한국인 직원들의 건강에 대한 우려도 더욱 커지게 되었다.

현장에서는 이러한 어려움을 극복하기 위해 아예 현장 부지 내에 임시 컨테이너 숙소를 대대적으로 늘려서 대부분의 근로자들이 아예 현장 안에서 생활하면서 공사를 계속하도록 했다. 하루에 2차례 이상의 방역소독과 1주일에 2차례씩 코로나 테스트를 했음에도 불구하고 계속해서 발생하는 코로나 환자들 때문에 격리, 수용 등의 어려움이 공정에 영향을 미쳤다.

정기 항공편의 취소로 한국인 직원들의 휴가도 정상적으로 다녀올 수가 없었다. 뒤늦게나마 대사관, 방글라데시 한인회 등의 노력으로 방글라데시 다카 국제공항에 전세기가 투입되어 처음에는 부정기적으로 운행되다가 후반에는 거의 격주에 한 번씩 전세기가 운행되었다.

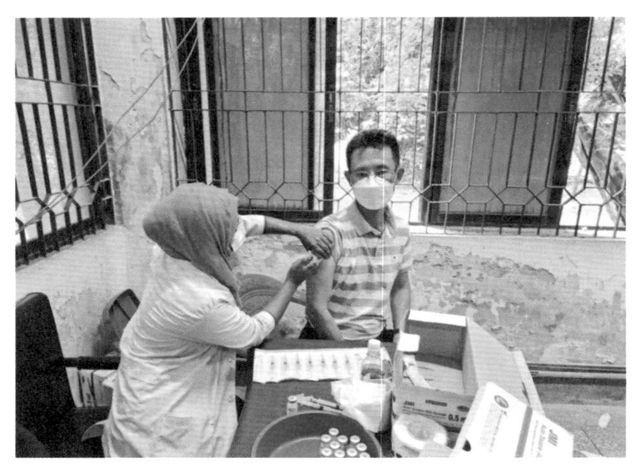

방글라데시 코로나 백신(모더나) 1차 접종

## # 묵다가차 농장

방글라데시에는 한국인 선교사 내외가 30년째 운영하는 묵다가차 농장이 있다. 가축을 키우면서 온갖 종류의 야채를 재배한다. 카톡 단톡방을 운영하면서 일주일에 2회 주문을 받아서 각 가정의 집까지 온갖 종류의 신선한 야채를 배달해 준다.

방글라데시에서 근무하면서 아침은 집에서 요리를 해서 먹었다. 물론 해외에서 현장이 개설되면 현장 내에 설치된 구내식당에서 한국 음식으로 삼시 세끼를 제공한다.

2012년 사우디아라비아 리야드 타다울 타워의 현장소장이 된 이후부터 아침은 직접 요리를 해서 혼자 차려 먹기 시작하였다. 인도 뭄바이 다이섹 콤플렉스 현장과 방글라데시 다카 국제공항까지 약 10여 년 동안 직접 아침을 차려 먹다 보니 혼자서 하는 한국 요리 실력도 꽤 늘어서 직접 요리하는 데 자신이 생겼다.

사우디아라비아와 인도에서는 한국 슈퍼에서 아침 반찬거리를 구입하였지만 방글라데시에서는 묵가가차 농장을 이용하였다. 방글라데시의 교민들 대부분이 묵다가차 농장을 이용한다. 그래서 나도 다른 방글라데시에 거주하는 교민들처럼 묵다가차 농장 단톡방에 가입해서 농장주 선교사님으로부터 야채 등 필요한 반찬거리를 공급받았다.

방글라데시 묵다가차 농장의 야채,
육류 주문&배달 물품

묵다가차 농장의 야채 공급은 시스템이 잘 짜여 있다. 선교사님이 매주 화요일과 목요일에 묵가가차 농장 카카오톡 단톡방에 공급할 수 있는 아이템과 가격이 적힌 리스트를 올려놓으면 각 개인들이 이 리스트를 보고 주문을 하게 된다. 그러면 농장에서는 각각의 주문대로 비닐봉지에 패킹을 해서 수요일 저녁과 토요일 저녁에 배달을 담당하는 방글라데시 현지인인 Mr. 로니가 아파트 현관까지 배달을 해 주고 현금으로 받아 갔다.

육류는 방글라데시가 이슬람 국가이기 때문에 돼지고기를 제외하면 닭고기, 소고기, 양고기를 부위별로 판매하고, 열무, 배추, 양배추, 무, 쪽파, 대파, 아욱, 시금치, 부추, 청경채, 브로콜리, 미나리, 상추, 깻잎, 쌀, 계란, 식혜, 치즈 등도 주문하면 집으로 배달해 준다. 야채는 1묶음에 170다카, 닭, 영계닭, 소불고기, 국거리 500g에 650다카, 간 소고기 500g은 750다카, 갈비, 장조림 1kg은 1,300다카, 꼬리 1kg은 700다카, 사골 1kg은 600다카, 등뼈 1kg은 550다카에 판매한다.

## # 라마단과 이슬람 축제

방글라데시는 전형적인 이슬람 국가이다. 중동의 대부분 국가들처럼 금요일이 휴일이고, 매년 약 한 달 동안 금식 기간인 라마단이 찾아온다. 이 라마단 기간에는 현장의 근로자들 대부분이 낮 시간 동안에 금식을 하기 때문에 작업 생산성이 현저히 떨어지게 된다. 그래서 이

기간 동안에는 주간 시간대의 작업시간은 최대한으로 줄이고, 주 작업 시간을 야간 타임으로 변형해서 운영하게 된다.

그리고 라마단이 끝나면 첫 번째 축제이면서 휴일인 '이드 알피트르'와 두 번째 축제이면서 휴일인 '이드 알 아드하(Eid ul-Azha)'를 맞이한다.

'이드 알피트르'는 금식 기간인 라마단이 끝났음을 축하하는 무슬림의 휴일이다. '이드 알피트르'를 줄여서 '이드'라고 부르기도 한다. '이드'는 아랍어로 축제를 의미하며, '피트르'는 단식의 종료를 의미한다.

방글라데시 이드 알 아드하 희생제에 쓰일 제물

두 번째 축제인 '이드 알 아드하'는 '희생제'라고도 불리는데, 아브라함이 하나님의 명령에 순종하는 행동으로 아들 이삭을 희생시키려 한 의지를 기리는 축제이다. 이 축제는 시작 전부터 소, 양, 염소 등을 파는 광고가 길거리에 붙기 시작하고, 길거리에는 소나 양 등 가축을 싣고 가는 차량들의 모습이나 소와 양을 직접 끌고 가는 모습들을 쉽게 볼 수 있다. '이드 알 아드하' 축제가 시작되면 방글라데시 전역의 집 앞에서 소나 양, 염소 등을 도축하는 일들이 벌어진다.

다카 시내의 집집마다 가축을 도축하는 장면들은 끔찍해서 가능한 외출을 하지 않고 집에서 있다 보면 저녁 무렵에는 도축한 흔적들을 물로 깨끗이 청소를 하고 난 뒤라 흔적만이 남아 있었다.

도축한 고기의 3분의 1은 가족들이 제물을 바치는 데 쓰이고, 나머지는 가난한 사람들에게 나누어 준다. 이슬람력 '이드 알 아드하'는 4일 동안 휴일로 보내며 가족 친지들의 방문과 환영을 받는다.

## # 치타공 항구

방글라데시 치타공 항구(Chittagong Port)는 방글라데시 최대의 항구로, 인도양과 가장 가까운 해안지대에 위치하고 있다. 이 항구는 방글라데시 경제의 중심지이며, 주요 물류 센터 중 하나이다. 또한 남아시아 지역에서 가장 큰 항구 중 하나이며, 인도와 중국 사이의 해상 무역에서 중요한 역할을 한다. 치타공 항구는 다양한 물류 서비스와 함께 선박 수리, 배후 서비스, 식품 처리, 선적 및 해상 운송 등 다양한 분야의 서비스를 제공한다.

방글라데시 다카 국제공항 현장에 근무하면서 가장 많이 들었던 단어가 '치타공'이다. 다카 국제공항 현장에 필요한 자재는 모래를 빼면 대부분이 외산 자재라서 전적으로 치타공 항구의 물류에 의존해야 하기 때문에 '치타공 항구에 묶여 있어서 아직 반입이 안 되고 있다'는 말을 수도 없이 들었다. 오죽하면 한국인 직원이 치타공에 거의 상주하다시피 하면서 통관 업무를 담당해야만 했다.

방글라데시에 근무하면서 치타공을 다룬 한국의 다큐멘터리 '아이언 크로즈'가 있다는 걸 알고 놀라움을 금할 수 없었다. '아이언 크로즈'는 2009년 세계 최대 다큐멘터리 영화제인 암스테르담 국제다큐멘터리영화제에서 중편 경쟁 부문 대상을 받은 작품이다.

치타공 항구 선박 해체 작업

치타공 항구는 조수 간만의 차가 거의 없어 배의 무덤이라 불리는 대형 선박 해체 항구이다. 대형 유조 선박 등이 수명을 다하고, 치타공 항구로 들어오면 수개월 내에 완전 해체가 된다.

‘아이언 크로즈’는 열악한 환경 속에서 하루 1달러를 벌기 위해 목숨을 거는 선박 해체 노동자들의 삶과 슬픔, 꿈과 희망을 영상으로 담았다. 땀과 기름이 뒤섞이고, 살과 쇠가 부딪히고, 삶과 죽음이 교차하는 현장을 생생히 담아내고 있는 이 다큐멘터리는 온몸으로 운명에 저항해 온 모든 이름 없는 노동자들을 향한 헌사로 남길 바라는 의도로 제작되었을 것이다.

세계 여러 나라 건설 현장에서 근무를 하면서 해외 현장에 오래 근무했던 직원들끼리 각각의 나라에 대한 근무 환경에 대한 순위를 매기곤 하는데 방글라데시는 당연히 최하위권에 속하기 때문에 회사에서도 가장 많은 오지 등급 수당을 지급한다. 그럼에도 불구하고 치타공의 열악한 작업 환경 속에서 목숨 걸고 일하고 있는 현지 노동자들의 삶은 차마 언급하기조차 어려울 정도여서 우리들의 근무 환경은 이들에 비하면 사치처럼 느껴졌다.

## # 방글라데시 벽돌 공장

2020년부터 2022년까지 방글라데시에서 근무하면서 코로나 팬데믹 이외에 가장 힘이 들었던 부분은 미세먼지 문제였다. 방글라데시 다카의 미세먼지는 인도의 뭄바이에 살 때보다 훨씬 더 심각하였다. 미세먼지 지수가 보통 200 이상이고, 400 이상인 날도 부지기수이다.

방글라데시에서는 대기 오염, 수질 오염, 폐기물 처리 부족 등이 주요 환경 문제로 대두되고 있다. 특히, 벽돌 공장이 대기 오염의 큰 원인 중 하나이다. 방글라데시에는 약 7,000개의 벽돌 공장이 있으며, 이들 중 대다수는 오래된 기술을 사용하고 있어 대기 오염이 매우 심각하다.

방글라데시 벽돌 공장과 굴뚝

방글라데시 다카 교외로 나가 보면 드넓은 삼각주 평원의 수없이 많은 굴뚝에서 시꺼먼 연기가 솟아오르는 모습들을 쉽게 볼 수가 있다.

구운 벽돌은 건축 분야에서 필수적인 건축 자재로 쓰이고, 심지어는 이 구운 벽돌을 분쇄해서 골재 대용으로 사용하기 때문에 다카와 같은 도시에서는 많은 수의 벽돌 공장이 필요하다. 하지만 대부분의 벽돌 공장에서는 연소 과정에서 유해 물질이 방출되며, 폐수 처리 문제도 심각하다. 최근에는 대기 및 물 오염을 줄이기 위해 환경 규제를 강화하고, 좀 더 친환경적인 벽돌 제조 방법을 도입하는 노력도 이루어지고 있다고 하지만 아직은 요원해 보인다.

## # 뱅골만 삼각주

갠지스강의 하류가 형성하는 뱅골만 삼각주는 인도의 서부로부터 방글라데시 남부와 미얀마의 남부 지역에 이르기까지 이어지는 삼각형 모양의 지역으로 뱅골만의 바다와 접하고 있다.

이 지역은 갠지스강의 하구가 미얀마와 방글라데시로 나뉘는 지점인 '갠지스-브라마푸트라'강 하구에 삼각주(델타)가 형성되는 곳으로, 인구 밀집 지역이며 농업과 어업이 중심적인 업종이다.

뱅골만 삼각주의 역사적인 배경은 1947년에 인도와 파키스탄이 영국으로부터 독립하여 태어난 것에서 시작된다. 이때 뱅골만 삼각주는 동파키스탄에 속해 있었으나 1971년에 독립을 위해 스스로 방글라데시로 선포하면서 인도와 파키스탄 사이에서 전쟁이 발발하였고, 이 전쟁을 뱅골만 전쟁이라고 한다. 이 결과로 방글라데시는 결국 독립을 얻게 되었고, 뱅골만 삼각주는 방글라데시의 소유지가 되었다.

## # 방글라데시 콕스바자르 로힝야 난민촌

방글라데시는 미얀마와의 국경 지역에 있는 로힝야 난민촌 문제를 안고 있다. 로힝야족은 주로 미얀마의 서부 지역인 라카인주와 그 주변 지역에 거주하는 이슬람 소수민족으로, 역사적으로는 미얀마에 존재하는 소수 인종 집단이다. 그러나 미얀마 정부가 로힝야족을 외국인으로 간주하고 국적을 박탈하였다. 미얀마 정부로부터 사회, 경제적인 제한과 재산 탈취, 강제 이동, 성폭력, 학대 등 숱한 인권 침해를 받다 보니 미얀마 국경을 탈출해서 방글라데시 국경 지역에 대규모 난민촌을 형성하게 되었다.

현재 방글라데시에는 수십만 명 이상의 로힝야 난민들이 존재하고 있다. 이들은 대부분 방글라데시 치타공구의 '콕스바자르'시에 위치한 난민캠프에 모여 있다. '콕스바자르'시는 세계에서 가장 긴 155㎞의 자연 백사장으로 유명하다. 원래 '콕스바자르'시의 인구는 25만 명 정도였으나 로힝야 사태로 인해 현재는 약 70만 이상의 난민들이 더 들어와 살고 있다.

로힝야족 문제는 국제적으로도 많은 관심과 논란을 불러일으키고 있다. 문제의 해결은 매우 복잡하고 어려워 보이지만 로힝야족의 기본적인 인권 보호와 정당한 대우를 위해 더 많은 노력과 국제적인 협조가 필요해 보인다.

방글라데시 콕스바자르 해변
(https://www.linkedin.com/pulse/coxs-bazar-largest-sea-beach-most-attractive-tourist-spot-alok-mondal)

하드햇과 함께한

# 세계 여행



초판 1쇄 발행 2023년 10월 9일

지은이　박홍섭
펴낸이　이기봉
편집　좋은땅 편집팀
펴낸곳　도서출판 좋은땅
주소　서울특별시 마포구 양화로12길 26 지월드빌딩 (서교동 395-7)
전화　02)374-8616~7
팩스　02)374-8614
이메일　gworldbook@naver.com
홈페이지　www.g-world.co.kr

ISBN　979-11-388-2334-0 (03810)

- 가격은 뒤표지에 있습니다.

- 파본은 구입하신 서점에서 교환해 드립니다.